"İçimizdeki beyinsizlerin işledikleri yüzünden bizi helâk eder misin ALLAHIM..."

(Kur'an-ı Kerim)

# Karanlık Gecelerin
# NURLU SABAHI

Yazan:

## ÇELİK YAYINEVİ

Beyaz Saray No. 13 Beyazıt - İST.
Tel: 518 43 98 - 518 27 19

Ne irfandır veren ahlâka yükseklik, ne vicdandır;
Fazilet hissi insanlarda Allah korkusundandır.

> Mehmet Akif

Bu kitaptan en az 50 âdet alanlara posta ve ambalaj masrafları yayınevimize ait %40 tenzilâtlı ve ödemeli gönderilir. Daha az alanlara % 25 tenzilat yapılır.

**DİKKAT!**

Muhterem okuyucularımızın nazar-ı dikkatine:

Bu kitabın neşir hakkı tamamen bize ait olduğu halde, nedense bâzı açıkgözler tarafından taklid edilerek basılıp piyasaya sürülmektedir. Bu harekete tevessül edenlere kanuni mes'uliyeti hatırlatır, okuyucularımızdan taklidlerinden sakınmalarını rica ederiz.

> Yusuf İslâmoğlu

BASKI: EKO OFSET
Litros yolu 2. Matbaacılar Sitesi
F Blok 2. Normal Kat No: 8
TOPKAPI    İSTANBUL
TEL: 612 36 58

# ESER HAKKINDA

Bu kitap, 8.8.1960 tarihinde Isparta C. Savcılığı tarafından mahkemeye verilmiş. Sorgu Hakimliği Diyânet İşlerine gönderilmiştir. İşte 13.9.1960 tarih ve 447 sayılı DİYANET İŞLERİ BAŞKANLIĞI MÜŞAVERE VE DİNÎ ESERLERİ İNCELEME HEYETİ'nin raporunu okuyucularıma sunuyorum:

> "Kur'an-ı Kerim ve hadis-i şeriflere dayanarak müslümanlık ahlâkını aşılamak üzere kaleme alınan bu eser, dini cihetten mahzurlu görülmediği kanaatına varılmıştır.
>
> Keyfiyetin yüksek başkanlığa arzına karar verildi."

Not: 6187 sayılı kanun ile T.C.K. 163. maddesine aykırılık iddiası ile yapılan mahkeme sefahatında üç bilir kişi tarafından verilen rapor. berâat kararı ile birlikte kitabın sonundadır.

Beni temize çıkaran Ulu Allah'ıma hamdeder, Türk adaletine ve aziz okuyucularıma teşekkür eder, hürmetle selâmlarım.

S. A
20 Mart 1962

# TAKRİZ

### AHMED DAVUDOĞLU
Câmiül-Ezher Şeriat Fakültesi Me'zunu Yüksek İslâm Enstitüsü eski Müdürü ve Arap Dili ve Edebiyatı Öğretmeni.

"İki gözüm Samiciğim!

"Karanlık Gecelerin Nurlu Sabahı" adlı eserinizi, derin bir dikkatle okudum. Hakikaten en ciddi mevzuları seçmişsiniz ve bunları, heyecanlı bir üslûp ile izah etmişsiniz. Sizi, candan tebrik eder, ileride daha nice bunun gibi eserlerin ibdâına muvaffak olmanızı temenni ederim."

# ÖNSÖZ

İslâmın diyârında, bugüne kadar ALLAH ALLAH dâvasını müdafaa eden nice âlimler yetişti. Mum ışığında eserler yazdılar. Ümmet-i Muhammed okusun diye!.. Dün okundu amma, bugün ne gezer?..

Bugün, yükselmek, sahte medeniyetin hayrânı olmak için mukaddesâtına yan bakan, cünüp yatan, babasına tokat, anasına tekme ziyâfeti çeken, "Kültür, kültür" diye küfretmeyi öğrenen **"ALLAH"** demeyi zillet sayan talihsiz neslin feryâdı ile karşı karşıyayız!.. Millet ağlıyor, aslâ gülmüyor. Gökyüzü kara bulutlarla, yeryüzü de günâhkârlarla dolu... "Kalbimde imânım var, elimde Kur'ânım" diyor, hapishanede boyun büküyor; İtimad yok, ihtikâr çok. İsyân var, itaât yok, yok.

Mâneviyata yer vermiyen, tekniğin sahte gövdesi,

makine gürültüsü arasında inliyen beşeriyet, imânın yerini dolduramaz, dolduramamıştır da. Yıllardır boş kalan kalbinde, bir sıkıntı var, "kurtaran" arıyor. Sıkılan ruhunu barlarda, meyhanelerde, kumarhanede, içkide, zinâda avutmak istiyor. Basireti kararmış, şuurdan mahrum, önünü göremiyor. **EZAN** okunuyor, gidemiyor! **KUR'AN** okunuyor, dinleyemiyor! Yuvalar yıkılıyor, çocuklar öksüz, kızlar hâmile, kadınlar dul kalıyor!..

Avrupalı bir san'atkârın hayâtını bilen, kitaplar tercüme ederek mâsum yavruların çeteler kurarak haydut olmasını sağlayan insanlar var. Mezhebini bilmiyor. Babasının cenaze namazını karşıdan seyrediyor. Paranın haramından, ispirtonun dumanından, kadının da yamanından uğur bekliyor!.. Hayır umulur mu böyle gecenin sabahından?..

Cemiyetin dinî ve içtimaî yaralarının tek çaresi kalbe **İMAN** güneşini sokmaktır. Çünkü:

> "İmandır o cevher ki, ilâhî ne büyüktür!
> İmansız olan paslı yürek sinede yüktür."

Bu eserimde, her sınıf insanın anlıyacağı şekilde hâdiseler sıralandı. Gerçek hayatın; acı ve tatlı tarafları âyet ve hadîslerin ışığı altında incelendi.

İnsanlığın, karanlık gecelerden nurlu sabahlara kavuşması için, bir damla **İMAN şurubu** vermeye çalıştım. Okuyucularımın bir daha susuz kalmıyacak şekilde susuzluklarını, âlemin güneşi **Hazret-i Muhammed** (S.A.V) ve **Hazret-i Kur'an**'dan temin etmelerini, zulmetten nûra kavuşmalarını cân'ı gönülden temenni ederim.

Bugün, gerek cehâletin, gerekse mimsiz medeniyetin te'siri ile, yarını düşünemiyen, dünü hatırlamayan bedbaht, bizi aldatmasın! Kütüphanelerde, ismini bile anlayamadığımız eserleri yazanların evlâdlarına ne oldu! "Allah, Allah" diye karada gemi yürüten, kükreyen imânı ile destanlar yazanların şehid ve gazilerin sabahı yok mu?.. Mâsum yavrular, Allah diyemez, hakikati göremez bir halde, "Susuzum!... İmân, imânım söndü, İMDAT!" derken seyirci mi kalacağız?..

Ey müslüman! Çobansın çoban; ehlini etme kurban, bak ne diyor Hz. KUR'AN!.. Sende var ise akıl ile iz'an; Allah'ından biraz olsun utan, utan!..

Kara bulutlar arasından imân güneşi doğacak, mutlu bir sabaha kavuşacaksın. Yıllardır boş kalan kalbin, öyle bir saray olacak ki, kendini mesut insan ve hayırlı bir ümmet arasında bulacaksın. Mânevî neş'e öyle bir kıymettir ki:

"**Ağlarım, ağlatamam; hissederim, söyleyemem,**
"**Dili yok kalbimin, ondan ne kadar bizârım!**"
dendiği gibi, imânın tadını ancak tadanlar bilir.

Ben ezelden beri müslümanım, müslüman. Bunu böyle bilmeli dostum ile düşman. İmânsız insan, harâb olmuş mezara benzer, orada insanlık ne gezer? Ümmet-i Muhammed'e faydalı olması için bu eserim·n, Rahmân ve Rahıym olan Allah'dan tevfik ve hidâyet isterim.

**SAMİ ARSLAN**

## OKU KİTABINI

**"Rahmân ve Rahıym olan Allah'ın adı ile başlarım."**

Sayın okuyucu! Hayat bir fırtına insan da o fırtınada yolculuk yapan bir kervandır. O kervan ki, ilerliyor rehberi yok. Korkuyor, güvendiği yok. Vahşet derecesinde inliyor, yardımcısı yok... Bastığı topraklar altında şehid babası, öksüz kardeşi, vefakâr annesi yatıyor, haberi yok. Nâmusu, ALLAH'ı, imânı, Peygamberi, KUR'AN'ı uğrunda savaşan Mehmedciklerin diyârında geziyor, ruhu sıkılıyor. İçindeki mânevî boşluğu dolduramıyor. Yıllardır ağlıyor, fakat gülmüyor. Hayâtın zehirli fikirleri, tuzakları karşısında bir KURTARAN arıyor.

Acaba gülmek bilmeyen veya güldürülmeyen, acı ile tatlıyı, Hak ile bâtılı ayıramıyan, Kur'ân'ı açıp da bir defa olsun "Allah" diyemiyen bu mâsumları kim kurtarır?. Vahşet derecesinde inleyen müslümanları ezelî düşmanları kurtarır mı?

Asil kardeşlerim, ağlamak; batakhanelerde, çöllerde inlemek bize yaraşır mı? O Peygamber ki, Allah'ın rahmet ve hazinesini, bizim gibi ağlayan, gönlü çorak, hâli harap, eli kirli, yüzü kara insanlar için getirdi .

Gel, kardeşim gel! Yeryüzünde emsâli görülmedik devrimi yapan Hazret-i **MUHAMMED**'i (S.A.V) dinle. Her şeyi yaratan Allah ve Kur'ân-ı dinle. Cenâb-ı Allah'ın:

قُلْ اِنْ كُنْتُمْ تُحِبُّونَ اللَّهَ فَاتَّبِعُونِى يُحْبِبْكُمُ اللَّهُ وَيَغْفِرْ لَكُمْ ذُنُوبَكُمْ وَاللَّهُ غَفُورٌ رَحِيمٌ

**"Habîbim de ki: Eğer Allah'ı seviyorsanız bana uyun ki, Alah da sizi sevsin ve suçlarınızı örtsün."** buyurduğunu aklından çıkarma.

Müslüman; şunu unutma. Sevmeden sevilemezsin sevginde samimî ol! Aşk-ı ilâhînin şurubu içmedikçe, kendi benliğini ayaklar altında çiğneyip, Allah huzurunda herşeyi göze alan, önünde diz çöküp yalvaran âşıkları düşün.. Leylâsı için çöllerde inleyen Mecnun'u düşün!.. Evet düşün kardeş. Her ni'metini esirgemiyen Yü-

---

Âl-i İmrân sûresi, âyet: 31.

ce Allah'ın, adını anmaktan korkma!. Açıkça haykırarak de ki: Ben bir müslümanım. Dinine "saçma", mensuplarına "mürteci", önderlerine "yobaz" diyen sapık sanıkların süflörlüğünü yapma!..

Asil gençlik! Her gördüğün yaşlı babaya sor: Gençlik hayâtını arıyor musun? Hemen bir âh! çekerek:

"Evlâdım, kaybettiğim gençliğimi daima arıyor bulamıyorum. Bana yaptırmadığı kalmadı. Gül benzimi soldurdu. Rahmetli babam ve annemin emir ve nasihatlarına karşı geldim onlar namaz kılarak, Allah'a olan muhabbetlerini, peygambere olan vaadlerini ifâ ederken meyhanede boyun büktüm. Su yerine içkiyi, helâl yerine haramı, hak yerine bâtılı tercih ettim. Anladım ki aldanmışım. Kendimi çok beğenir; günümü gün ederdim. Allah'ın:

$$\text{وَمَا الْحَيْوةُ الدُّنْيَا اِلاَّ لَعِبٌ وَلَهْوٌ}$$

"Dünyâ hayâtı bir oyundan, bir oyalamadan başka bir şey değildir." fermânını okuduğum halde kulak asmadım. İmânımın sesini bıraktım da nefsimin uşağı oldum. İşte evlâdım! Ne hâle geldiğimi gözlerinle görüyorsun. Dişlerim dökük, dizlerim tutuk. Ateşi nûr sanan gözlerim görmez oldu. Huzurunda bir iskelet gibi-

---

En'am sûresi, âyet: 32.

yim. Ben yandım sen kendini kurtar. Âlemin rahmeti Hazret-i Muhammet (S.A.V)'e bağlan. Yolundan yürü. Unutma ki, dinsiz insan çoktur. Ama asıl mârifet hak dini bulmaktır. Kur'ân-ı Kerîm'deki şu âyeti unutma!

**"Kim İslâm'dan başka bir din arasa ondan (bu din) asla kabul olunmaz ve o, âhirette de en büyük zarara uğrayanlardandır."**

Evlâdım, bu âyetin mânasını düşün, Avrupa hayranı bir kişinin, anlamadan yaptığı zehirli propagandaya kapılarak müslüman olduğuna pişman olma!.. Bununla iftihar et."

İşte kardeşim; gençliğinin kıymetini bilmeyen yaşlı gözlerle pişmanlığını anlatan şahsı dinledin. Sen, madde âleminin mânevi kahraman olmak için yaratıldın. Ulu Allah huzurunda hesap vereceksin. Gençlik hayatın bir rüya gibi gözünde canlanacak, dünyaya geliş gayemiz tecelli edecek, büyük imtihan vereceksin. Kur'ân-ı Kerîm'de:

أَفَحَسِبْتُمْ أَنَّمَا خَلَقْنَاكُمْ عَبَثاً وَأَنَّكُمْ اِلَيْنَا لاَتُرْجَعُونَ

**"Sizi boş yere yarattığımızı ve hakikaten bize döndürülemiyeceğinizi mi sandınız?"** âyetinin cevabını hazır-

---

Mü'minûn sûresi, âyet: 115

la. Saâdet bahçesi olan temiz yerlerde bülbül ol. Yarın, huzur-u ilâhîde hesabını vereceğin hayat kitabının sayfalarını dikkatli yaz. Hayat filmini iyi çevir. Kur'an'a uy, hakikati duy, imtihanın cevabını vermeye hazır ol!

Ey müslüman kardeş şu sualin cevabını kendin ver:

Hakîkî müslüman mısın? Mü'min-i kâmil isen delîlin nedir?..

Şu âyetin muhatabı olabiliyor musun?..

اِنَّمَا الْمُؤْمِنُونَ الَّذِينَ اِذَا ذُكِرَ اللّٰهُ وَجِلَتْ قُلُوبُهُمْ وَاِذَا تُلِيَتْ عَلَيْهِمْ اٰيَاتُهُ زَادَتْهُمْ اِيمَاناً وَعَلٰى رَبِّهِمْ يَتَوَكَّلُونَ

"**Mü'minler, ancak onlardır ki, Allah anıldığı zaman yürekleri titrer, karşılarında âyetleri okununca (bu) onların imânını arttırır. Onlar Rablerine dayanıp güvenirler.**"

Kalbin titremesi için imân şarttır. Ruhun gıdası olan imân lâmbası yanmayan kalb, harâb olmuş mezara benzer. Orada korku ne gezer? Dünyanın kara bulutla bezenmesi, her gün binlerce vahşetin görülmesi insanlığın ağlaması nedendir? İnsanlık neyini kaybetti? Günden güne hapishane imparatorluğu kuruluyor. Yuvalar yı-

---

Enfal sûresi: 2.

kılıyor. Niçin? İtimad yok, ihtikâr çok. İsyan var, itâat yok. Yok.. Niçin?..

Hüviyet cüzdânında müslüman yazılı olanların bâzıları, camiye giremiyor, girenler beğenilmiyor. Bu suçlu kim, ağlatıyor insanlığı? Bu meş'um derdin ilâcı imândır. İnsanlık Allah'a bağlandığı Peygamber'e inandığı, Kur'ân'a sarıldığı gün huzur bulacaktır. Peygamberimiz Hazret-i Muhammed (S.A.V.) cehalet ve vahşetin ortasında parlayan bir güneşti. Işığını ufuklara yayarken, insanlık imân şurubunu içiyordu. Bu kurtarıcı; Peygamber, ilâç da imân idi. Taş kalblerin yerinde, aşk-ı ilâhinin te'siri ile titreyen kalbler vardı.

Burada anlatmadan geçemiyeceğim yürekler acısı hayat tablosuna bakınız. Bir Cumartesi günü. Bütün okullar ve resmî daireler telâş içinde.. İstiklâl ve hürriyetin sembolü olan "İstiklâl Marşı" söylenecekti. Her müslüman Türk'ün göğsünü kabartan bu milli ses, her vatandaşın kalbinde yer almıştı. Arabacı, faytoncu dinliyor herkes dinliyor. Aziz şehidlerimiz, ruhunuz şâd olsun. Armağan ettiğiniz bu vatan yavrularınız tarafından daima müdafaa edilecektir. Hürmet etmeyenin milliyetinden şüphe ederim.

Aradan on dakika geçti. Caddeler mahşeri kalabalık. Semâya yükselen MİNARE'de EZAN okunuyor.

okunuyor. Dinliyen kim? Câmiye gitmek şöyle dursun, hürmet eden bile az..

Bunlar müslüman değilmi idi? Yoksa, duymuyorlar mı? Beş milyon müslümanın ilâhi dâvetine hürmet etmemek neyin ifadesidir?

Ey müslüman! Radyo başında dikkatle spor haberi dinleyen senin evlâdın, hürmetle ezan dinleyemiyor. Bu manzara karşısında, insanlığımızdan, müslümanlığımızdan utandım!

Cenâb-ı Allah'ın şu âyetini:

$$\text{وَإِذَا نَادَيْتُمْ إِلَى الصَّلٰوةِ اتَّخَذُوهَا هُزُواً وَلَعِباً ذٰلِكَ بِاَنَّهُمْ قَوْمٌ لاَيَعْقِلُونَ}$$

"(Ezanla) birbirinizi namaza çağırdığınız zaman (onu) bir eğlence ve bir oyun (mevzuu) edinirler. Hakikaten akıllarını kullanamaz bir gurup olmalarındandır."

Düşün, dinini oyuncak, ezânını eğlence yapanların babaları O'nun uğruna şehid oldular!... ALLAH ALLAH! diye can verdiler.

Müslüman kardeş! Damarındaki kanın, kalbindeki imânın ne zaman coşacak? Allah'ını tanıdığın, hu-

---

Mâide sûresi, âyet: 58.

zurunda teslim bayrağını çektiğin gün, yüzün gülecek. Şeytanın esaretinden kurtulup hürriyete kavuşacaksın. Yaratılışın gayesini anlamış, nurlanmış bir insan olarak, her kötülüğün düşmanı ve her iyiliğin dostu olacaksın.

Eğer insanlığın kalbinde imân bekçi olmaz, Allah korkusu yerleşmezse, cemiyet inlemeğe devam edecektir.

Her gün okuyor, görüyoruz, duyuyoruz. Her gün milyonları çalanlar, suistimaller, cinayetler devam edip gidiyor. Herkes şikâyetçi. Kadın kocasından, koca karısından, âmir memurundan, memur âmirinden memnun değil. Maddî hastalığın belirtisi bunlar. Mâneviyata yer vermeyen, makine gürültüsü tekniğin sahte gövdesi arasında inliyen beşeriyyet; imânın yerini dolduramamıştır. Kalbler Allah'a yönelmeli. Diyecekler ki: Bizim imânımız yok mu? Buyurun imtihana? Allah deyince kalbin titriyor mu? Emrine sâdık, sözünde sâbit misin?

Şu ibret verici hâdiseyi dinle, dereceni öğrenirsin. Bir hoca talebeleri arasında, bir tanesini çok sever. Arkadaşları bunu kıskanırlar ve derler ki: Hocam, aramızda ne fark var ki, bu arkadaşımızı fazla seviyorsunuz.

Hoca, bu suâlin cevabını bir imtihanla veriyor. Her talebenin eline birer kuş vererek diyor ki: ''Haydi yavrularım, bu kuşları Allah'ın görmediği bir yerde kesin. Sakın göstermeyiniz..''

Birkaç saat sonra, talebeler, birer birer kuşlarını kesmiş olarak dönmeye başlıyor. Hepsi sevinçli, zira verilen vazifenin yapıldığını sanıyorlar! Bu talebeler arasında hocanın daima sevdiği talebe yok. Neden gelmedi? Bir kuş bile kesemiyen bu talebe, niçin seviliyordu?

Bu sualler sorulurken, ardından sayısız ithamlar yapılırken çocuk gelir. Gözünde akan yaşlar gömleğini ıslatmış, suçlu bir hali var!..

Hoca: — Evlâdım, kuşu ne yaptın?! Bak arkadaşların verdiğim vazifeyi ifâ ettiler. Ya sen?

Mahzun bir edâ ile içini çekerek söze başlayan çocuk:

— Hocam, üzerimde çok emeğiniz var. Sizin için ölmeye de hazırım, beni affet, verdiğiniz vazifeyi ifâ edemedim!

— Niçin?..

— Çünkü Allah'ın görmediği yer bulamadım. Karanlıkta gezen karıncayı bile gören Allah'ın görmediği bir yer bulunmaz. Bir tarafta siz, bir tarafta Allah! İşte bunun için kuşu kesemedim. İmânımın sesini dinlemekten, huzurunda affını istemekten başka çare bulamadım. Affet beni hocam, affet.!..

Bu manzara karşısında, diğer talebeler utanarak hocadan özür dilediler.

Ey müslüman! Allah'a olan imânın böyle olsaydı, senin her yaptığını, Allah'ın gördüğünü bilseydin, günah işler miydin? Boşuna yorulmayalım. İlâhî korkunun yerleşmesinden başka hâmi yoktur. Madde âleminin mümessili olan insan, aklını kullanmalı. Tarihte, cemiyette büyük adamların sözleri ve emirleri dikkatle dinlenir de, Allah'ın Kur'ân'ı niye dinlenmez. Kulakları paslı, gözleri perdeli olanlar, bundan zevk alamazlar! Gece kuşlarının güneşten kaçtığı gibi, böyleleri de Nûr'dan kaçarlar.

Bu zavallılar zümresi "Allah'a imân ettik" derler, fakat yine Allah'a güvenmezler. Hayatlarının kıymetini bilemiyen, ufak bir hastalık ânında doktorun canım sana fedâ olsun! Bu ıztıraptan beni kurtar! Ne istersen vereyim" derler de; bu hayatı ve ni'meti veren Allah huzurunda eğilmeyi, varlığıyla teslim olmayı beceremezler. Çünkü, onlar nankördür.

Her câni ve her zâlim öleceği an, Allah'ına güvenir. İdam sehpasına çekilecek bir insan ellerini kaldırıp neye yalvarır, bilir misin? zaman zaman isyan ettiği fakat huzuruna varacağı Allah'a! Evet, insan sıkıştığı anlar daima öyle der; ALLAH ALLAH!..

Allah deyince bak ruhunda bir genişlik kendinde bir hal görüyorsun. Bu senin yaratılış itibariyle Allah'a muhtaç oluşundandır.

## HAYVANDAN DA AŞAĞI

Verilen akıl, gönderilen Peygamber, verilen kitap ve nasihatlarla yola gelmeyen, kulağından ses girmeyen, önünü göremiyen bedbahtlar; acaba insanlık sıfatını haiz midirler?

اَمْ تَحْسَبُ اَنَّ اَكْثَرَهُمْ يَسْمَعُونَ اَوْ يَعْقِلُونَ اِنْ هُمْ اِلاَّ كَالْاَنْعَامِ بَلْ هُمْ اَضَلُّ سَبِيلاً

*"Yoksa onların çoğunu hakikaten (sözü) dinler, yahut akıllanırlar mı sanıyorsun? Onlar başka değil, dört ayaklı hayvanlar gibidir. Belki yolca daha sapıktır."*

Kur'ân'ın bu açık beyânına kulak ver; sakın şu zümreden olup da hayatını zehretme! Sen kalbi nûrlu, doğru yollu, ideal bir insansın. Hayat fâcialarından ibret al! Bugün insanoğlu kör olmasaydı, dereye yuvarlanır mı idi?

Rahmân ve Rahıym olan Allah:

اَوَلاَ يَرَوْنَ اَنَّهُمْ يُفْتَنُونَ فِى كُلِّ عَامٍ مَرَّةً اَوْ مَرَّتَيْنِ ثُمَّ لاَيَتُوبُونَ وَلاَ هُمْ يَذَّكَّرُونَ

---

Fürkan sûresi: âyet: 44

"(Münâfıklar) görmüyorlar mı ki, ya bir ya iki kere çeşitli belâlara çarpılıyorlar da yine (nifâklarından) tevbe etmiyorlar ve onlar ibret de almıyorlar."buyuruyor. Alıyorlar mı? İnsan Allah'a dayanmadı mı, başka destek aramağa başlar. Kimi şeytanın esaretini, kimi nefsini kimi de dünyayı benimser. Bilmezler ki, dayandıkları da, dayanacak güvenecek birine muhtaç!..

Yakından örnekler: Bir gemi sigorta ettirilir. Gerek gemi gerek yolcular te'minat altındadırlar. Artık korkmazlar; çünkü dayandıkları var. "Üsküdar" vapuru 200 gençle denizin dibinde "imdat" derken, milletçe ne yaptık? Sigorta teşkilâtı, denizden hayat yerine cesed toplamadı mı? Hani kurtaracaktı? Ne oldu? Kurtaramadı. Burada suçlu yok. "Kazâ geleceği vakit, gören gözler kör olur."' Bundan başka, evler beton olur, sağlam yapılırsa yıkılmaz. Mühendisin verdiği rapor muteberdir.

Kardeşlerim; Fethiye, iki saniyede toprakla bir olurken, binlerce kardeşler, "ALLAH ALLAH!" diye yalvarırken raporlar yok mu idi? Vardı ama, mülkün sahibi Allah idi. Daha istiyor musunuz? Yağan yağmuru dindirecek, kurak yıllarda, yağmur yağdıracak başka kuvvet var mı?

Doktor rapor veriyor: "Bu adam sağlamdır, her yerde vazife alabilir." Aradan on dakika geçmiyor, adam ölmüş. İşte bir rapor daha: "Sekte-i kalbden ölen filânın defnine müsaade edilmiştir."

---

Tevbe sûresi: âyet: 126

Görülüyor ki, gözü gören, aklı eren için hayat ibretle dolu. İnanan insan, dünya hayatının parlayan yıldızı, âhiret hayatının da güneşidir. Yarınki hayatına inanmayan veya hesap vereceğini bilemiyen insanlar dağda gezen canavarlardan daha vahşi ve daha korkunçtur.

İnanmadığı için, yolunu şaşırmış, pusulasını kaybetmiştir. Artık cinayet, felâket, onun arkadaşıdır.

Müslüman! Sen imtihan verecek bir öğrencisin. Dünyaya bunun için geldin. Cenâb-ı Allah'ın:

$$ اَلَّذِى خَلَقَ الْمَوْتَ وَالْحَيٰوةَ لِيَبْلُوَكُمْ اَيُّكُمْ اَحْسَنُ عَمَلًا $$

"**O (Allah), ölümü, hayatı yarattı. Bakalım hanginiz daha güzel ve daha iyi amelde bulunacak**"diye bildirdiği âyetin hazırlığını yap, çalış; çalışmazsan cennete giremezsin. Dünü hatırlamayan, yarını düşünmeyen bugünün bedbahtları seni aldatmasın...

İmtihan vermeğe mecbursun. Düşün bir memur olmak, herhangi bir okula girebilmek için "Sıhhî hey'et raporun var mı?" diyorlar. Eğer bir hastalığın varsa, doktor farkına varır da çürük çıkarsam halim nice olur, diye korkmaz mısın? Bir fâni, dünyanın fâni yerine girmek için, her uzvun için ve dışından muayene oluyor, günlerce hastahane kapılarında yüz suyu döküyorsun.

---

Mülk sûresi, âyet: 2

## EY MÜSLÜMAN DİKKAT!

Yarın, cennete girmek için, sıkı bir muayeneye tâbi tutulacaksın. Bilemediğimiz binlerce hastalığın doktoru Hazret-i MUHAMMED (S.A.V.)'in imzası bulunan "sıhhî hey'et raporu" isteyecekler. Bu rapor, Allah tarafından kabul edilecek, çürükler cehenneme, sağlamlar cennete girecekler. Allah'ın huzurunda, alnın açık olmasını istersen, misafir olduğun bu dünyada firavunlar gibi olma! Allah'a kafa tutarak, zehir yutarak, güzel vücudunu harap etme Cenneti bırakıp, cehennemi isteme!...

## AÇIK ALINLAR

Müslüman ruhunun mümessilleri, sahâbe-i kirâm her yaptığı işi gördüğü, bildiği şeyi Allah için işler ve yaparlardı. En kısa zamanda vahşetten medeniyete yükselen Peygamber dostları, İslâm şurubunu içmişlerdi. Bir zamanlar, Peygamberi öldürmeğe giden Hazret-i Ömer, cennetle müjdelendi. "Herkes hakkını alırsa halim nice olur diye ağlayarak gece gündüz çırpındı." Zira o büyük adam:

$$ \text{إِنَّ الدِّينَ عِنْدَ اللّٰهِ الْإِسْلَامُ} $$

"Allah indinde hakikî din, İslâm dinidir" hastahanesinde büyük doktor Hazret-i Muhammed (S.A.V.)

---

Âl-i İmran sûresi, âyet: 19

tarafından tedavi edilmişti. (Senin) de kalbinde O, Hazret-i Muhammed (S.A.V)'e saygın varsa, açtığı eczânenin ilâçlarını kullanmakta kusur etme. Etme ki, yarın huzur-u ilâhide alnın açık olsun.. Hayırsız kul, hayırsız ümmet olma!.. Bu nimetin şükrünü bil. Allah'ın huzurunda da göz yaşı dök.

فَاَمَّا مَنْ طَغٰى وَاٰثَرَ الْحَيٰوةَ الدُّنْيَا فَاِنَّ الْجَحِيمَ هِىَ الْمَأْوٰى وَاَمَّا مَنْ خَافَ مَقَامَ رَبِّهِ وَنَهَى النَّفْسَ عَنِ الْهَوٰى فَاِنَّ الْجَنَّةَ هِىَ الْمَأْوٰى

"Artık kim haddi aşarak küfretmiş, dünya hayatını tercih etmişse, işte muhakkak ki, o alevli ateş onun varacağı yerin tâ kendisidir.

Amma, kim Rabbının makamından korktu, nefsini hevâ ve hevesinden alıkoyduysa, muhakkak ki onun varacağı yer cennettir" âyetinin manevî te'sirini düşün. Haddini aşanların, dünyaya tapanların yerini öğrendin. İnsan suratlı, şeytan tabiatlı insanların yerini benimseme! Mukaddesat düşmanlarının kılıcı ile kendi hayatına kıyma... Nefis putunu kır. Şu ibret dolu hâdiseyi düşün:

---

En-Nâziât sûresi, âyet 37-41.

Büyüklerden bir zat gece uykudan uyandı. Gördü ki, bir fare yanmakta olan bir kandilin fitilini dişliyerek sürüklemekte. Hemen yatağından kalkarak fareyi öldürdüler.

Muhterem zat, uykudan uyanmasa, o fareyi öldürmese idi, belki de fare, bir yangına sebep olacak, kendisini de kül edecekti. Bunlar olmasa da, oda karanlıkta kalacaktı.

Müslüman iyi düşün. Şunu aslâ unutma! Dünya faresi odanın lâmbasını söndürür, nefis faresi de imân nûrunu söndürür. Gönül denen o nûrlu mâbedi hınzır ahırına döndürür... Evet, döndürür de eşini kıskanmaz, âlemden utanmaz! Cemiyet içinde böylelerini her gün görmektesin. Sakın, bunlar gibi olma ve evlâdını bu yola sürükleme. Tek bir gâyen olsun. Her işini kul için değil, Allah rızası için yap. Nefsinin emirlerine dizgin vur. İslâm esaslarına göre kendini ayarla. Yüzünü, kalbini nurlandır. Nurlandır ki, yerin cennet olsun. Evet müslüman, alnın açık ise, yerin **CENNET**'tir.

### EY BABA EVLÂDINI KORU!...

Emanet-i ilâhî olan yuvanın gülü bu mâsum yavruların bekçisi sizlersiniz. İstikbâlde millet için çırpınacak, büyük mevkiler alacak olanlar bugünün küçükleri dir. Yarın, bu vatanın bir cehennem, üzerinde yaşayanların da birer şeytan olmasına vicdanın razı mı? Küçük bir ihmalin, seni mahveder, kepâze olursun.

Nankör olan âdemoğlu, Allah'ın mühim ihtarına kulak ver!

يَا اَيُّهَا الَّذِينَ اٰمَنُوا لَا تُلْهِكُمْ اَمْوَالُكُمْ وَلَا اَوْلَادُكُمْ عَنْ ذِكْرِ اللّٰهِ وَمَنْ يَفْعَلْ ذٰلِكَ فَاُولٰئِكَ هُمُ الْخَاسِرُونَ

"Ey imân edenler sizi ne mallarınız ve ne de evlâdlarınız Allah'ın zikrinden alıkoymasın! Kim bunu yaparsa, işte bunlar hüsrana uğrayanların tâ kendileridir."

Dünyaya sarılan, Allah'a darılan bedbahtların hüsrâna uğraması seni şaşırtmasın. Evet, evlâdının hesâbını veremiyecek halde isen, malına güvenerek günah işledi isen, halin harap. Yalnız bu değil, yarının bir canavarı, bir katili, bir hırsızı, bir dinsizi olacak evlâdın babası olduğundan da hesap vereceksin! Bu mal ve evlât niçin verildi? Kendi elin ile meyhaneye götüresin diye değil. Kardeş, dikkat et!

---

Münâfikûn sûresi, âyet: 9

يَاأَيُّهَا الَّذِينَ اٰمَنُوا اِنَّ مِنْ اَزْوَاجِكُمْ وَاَوْلَادِكُمْ عَدُوًّا لَكُمْ

**"Ey imân edenler eşleriniz, evlâdlarınız her halde sizin için bir imtihandır."**

Görülüyor ki, imtihan için verilmiş. Öyle ise hazır ol. Senelerce üzerinde titrediğin bir evlâdın imânsız, eli Kur'ân'sız, kulağı ezansız büyütme!

Suratını asma "Ben ne yapayım" deme. Bir mâsum yavru bekliyor ve çok heyecanlı. Sordum:

— Kardeşim, nereye gideceksin?

— Antremana gideceğim.

— Antreman da nedir?

— Futbol için çalışma demektir.

Bu sırada, ezan okunuyordu. Ben yine sordum:

— Bu ses nedir, bilir misin?

— Ezandır efendim. Bu adam o kadar aksi ki, tam sabah uyuyacağım zaman bağırmaya başlıyor. Babam o kadar kızıyor ki...

— Siz, namaz kılmaz mısınız? Bu ezan, müslümanlara aittir. Siz müslüman değil misiniz?

---

Tegâbün sûresi, âyet: 14.

— Evet ama ben daha her zaman camiye gitmiyorum. Orada namaz kılarlar. Boşa yatıp kalkmanın zamanı mı? Tam akşam, sinema, tiyatro zamanında camiye gidiyorlar!

— Senin baban gitmiyor mu, namaz kılmaz mısınız?

— Babam Cuma günü gider, bende bayram namazlarına giderim...

— Ya annen, evde namaz kılmaz mı?

— Yoo... Hem ne diye kılacak? İşi o kadar çok ki... Her gün dostlarımız geliyor, öğleyin yemeklerle uğraşıyoruz, akşam yemekten sonra da başka yere gidiyoruz. Saat tam on ikide yatıyoruz.

— Peki, sabah namazına kalkmaz mısınız?

— Nereden efendim. Biraz insaflı düşünün. Babam zaten sarhoş yattı, nasıl kalksın?

— Siz içki de mi içersiniz?

— Tabii içeriz. Yemeklerde iştah açmak için. Siz içmez misiniz?

— Hayır; haramdır, süt, su varken zehir içecek kadar şuursuz değilim...

Ama soğuktan korur.

— Unutuyordum bu hafta hangi maçlar var?

Fenerbahçe-Beşiktaş maçı. Ama Fener yenecek.''

Sayın okuyucu bu tipte bir çocuğun olmadığından emin misin? Evet, değilsin. Çünkü aynı şartlar dahilinde yetişenlerin hâlini görmektesin. Bu, zehirlenmiş bir çocuğun feryadından başka bir şey değildir.

Acaba, bu mâsum yavruların babaları çocuklarını futbol antremanına salıyor da cami kapılarından kovuyorlar mı? Futbol düşmanı değiliz amma müslümanız. Niçin icaplarını benimsemiyoruz. Cenâb-ı Allah'ın tehlike haberlerini ve emrini iyice oku.

يَٓا اَيُّهَا الَّذ۪ينَ اٰمَنُوا قُٓوا اَنْفُسَكُمْ وَاَهْل۪يكُمْ نَاراً وَقُودُهَا النَّاسُ وَالْحِجَارَةُ

**"Ey imân edenler, ehlinizi ve nefsinizi, yakacağı taş ve insan olan cehennemden koruyunuz."**

Diyeceksiniz ki: "Neden koruyacağım?" İşte aldandığımız yanlış nokta burası.

Seni Rabbinin huzurunda perişan edecek, cehenneme götürecek yerlerden, işlerden koru; niçin gaflet uykusundan uyanmıyorlar. Ailece, kol kola tutarak evlâdını sinemaya götüren bir baba, ne diye evlâdını kolundan tutarak CAMİ'ye götürmüyor. Bu hâlimizle ne yüzle Peygamberimizden şefaat bekleriz?

---

Tahrim sûresi, âyet: 6

Şu kanunu hatırla!

$$\text{كُلُّكُمْ رَاعٍ وَكُلُّكُمْ مَسْئُولٌ عَنْ رَعِيَّتِهِ}$$

"Hepiniz çobansınız. Hepiniz mâiyetinde olanlardan sorumludur."

Bunların da hesabını vereceksin.

Ey müslüman çobansın, çoban! Ehlini etme kurban. Bak ne diyor Hazret-i KUR'AN. Sende var ise imân ile iz'ân, Allah'ından biraz olsun utan, utan!

Bugünün mâsum yavrularının hali işte: Bir gence sordum:

— Kardeşim bir türkü söyler misiniz?

— Hay hay efendim!..

İçten gelen bir arzu ile "Kızım seni Ali'ye vereyim mi?.."yi söyledi. Yine sordum:

— Müslümansınız değil mi?

— Evet efendim.

— Elham'ı okur musunuz?

— ..........

— Niye sustunuz?

— ..........

Abdestsiz okumaktan mı çekiniyorsunuz? Yoksa sıkılıyor musunuz?

Hayır efendim... Ben... Evet ben...

— Evet size ne oldu? Niye kızardı yüzün?

— Bilmiyorum, ama kabahat bende mi? Öğretmediler ki.

— Haklısınız efendim. Bilmemek ayıp değil, öğrenmemekte ısrar etmek ayıp.

Ve devam ettim:

— 622 yılında Mekke'den Medine'ye kim hicret etti?

— .......

— Peygamberimizin babası ve annesi kimdir?

— .......

— Fazla sual sordum. Sen bunları bilirsin amma, kurnazlığın tuttu da söylemiyorsun.

— Hayır efendim bilmiyorum. Bana Peygamber, Kur'ân, imân nedir bildirmediler!... İçimde bir boşluk var, her an kulağıma Ezan sesleri geliyor, gidemiyorum. Ruhum sıkılıyor, öyle anlarım oluyor ki, öldürmek istiyorum kendimi. Evet, çok bedbahtım. Dinimi yanlış tanıttılar. "Hocalar kalkınmanın, din terakkinin mânisidir", dediler! Aile sevgimi sarstılar, şimdi kumara, içkiye, yalana dadandım. Mahvoldum ağabey mahvoldum! Bir kırlangıç bile "yavrularım yuvadan düşer" diye ayaklarını birbirine bağlar da gider. Gelinceye kadar bir tanesi yuvadan sarksa diğerlerinin ağırlığı onu yere salmaz. Anne gelir, yavrusunu kurtarır.

Haksız mıyım ağabey babamın dikkati, annemin şefkati bir kuş kadar yok değil mi? Ama hakkımı alacağım, ben mâsumum mâsum..."

Ağlıyordu! Zira can evinden vurulmuş, vicdansız bir babanın elinde kalmıştı. Bu gibi gençlerin ağlaması —genç olduğum için— çok dokunur bana! Ben de ağladım, yaşlı gözlerle haykırdım:

— Necip milletimin asil evlâdı! Ceddin gibi senin de imânın, Kur'an'ın var; mey'us olma. Biliyorum, seni aldattılar. Cumhuriyet tarihinin sayfalarında görürsün. Kahraman ordunun başında ellerini kaldırarak "ALLAH" diye yalvaranlar HOCA idi. Bir aç da bak.

Diyar diyar gezerek, vatan müdafaasını isteyen "Korkma sönmez bu şafaklarda yüzen al sancak" diyen, ordunun MEHMED'ciğine "Ey şehid oğlu şehid, isteme benden makber. Sana âğuşunu açmış duruyor PEYGAMBER" diye haykıran İslâm mücâhidi MEHMED ÂKİF idi. Sanıyorlar ki, o bedbahtlar, üflemekle bu din sönecek.

Sönmeyecek kardeşim, sönmeyecek!..

يُرِيدُونَ لِيُطْفِئُوا نُورَ اللّهِ بِاَفْوَاهِهِمْ وَاللّهُ مُتِمُّ نُورِهِ وَلَوْ

كَرِهَ الْكَافِرُونَ هُوَ الَّذِى اَرْسَلَ رَسُولَهُ بِالْهُدَى وَدِينِ الْحَقِّ لِيُظْهِرَهُ عَلَى الدِّينِ كُلِّهِ وَلَوْ كَرِهَ الْمُشْرِكُونَ

"Onlar ağızlariyle Allah'ın nûrunu söndürmeye yelteniyorlar. Halbuki Allah, kendi nûrunu tamamlayıcıdır. Kâfirler hoş görmesede, O, Peygamberini hidâyet ve hak ile gönderendir. Çünkü o, bunu diğer dinlerden üstün kılacaktır. Müşriklerin hoşuna gitmese de."

Dünün Ebû Cehil ve Leheb'i bugün de var. Amma Ebû Cehil gibi onlar da belâsını buldu, bulacaklar da...

Çünkü, pirenin midesini tanzim eden ALLAH bu zalimlerin cezasını vermeğe daima kadirdir.

Kardeşim beni dinle:

Tabiat okuyup neslinin maymundan geldiğini iddia ederek yaratılışını inkâr edenlere de ki: 'Onu ben de okudum. Hiç bir yerinde bu saçmaları görmedim. Örümcekten nâmusu, arıdan çalışmayı öğrendim. Tarih okudum, ibret alarak tedbir aldım. Fizik, kimya okudum, fikre daldım. Astronomi okudum hakka sarıldım. Söyle! Sen niye dinden ayrıldın?

اِنَّ اللَّهَ تَعَالَى يُحِبُّ الشَّبَابَ الَّذِى يُغْنِى شَبَابَهُ فِى طَاعَةِ اللَّهِ

---

Es-Sâf sûresi, âyet: 8-9

"Allahü Teâlâ Hazretleri gençliğini Allah'a itâat ve ibadet ederek geçirenleri sever." Ne büyük lûtuf değil mi? Allah'ın sevgisine mazhar olmakdan daha büyük saâdet olur mu?

## GANİMET BİL!...

$$\text{اِغْتَنِمْ خَمْساً قَبْلَ خَمْسٍ حَيَاتَكَ قَبْلَ مَوْتِكَ وَصِحَّتَكَ قَبْلَ سَقَمِكَ وَفَرَاغَكَ قَبْلَ شُغْلِكَ وَشَبَابَكَ قَبْلَ هَرَمِكَ وَغِنَاكَ قَبْلَ فَقْرِكَ}$$

Takdir edemezsen yine aldandın. **Rahmeten lil âlemin (S.A.V.)** buyuruyor ki: "**Beş şeyi, şu beş şeyden evvel ganimet bil: Ölümden evvel hayatını, hastalanmadan evvel sıhhatini, meşguliyetinden evvel boş vaktini, ihtiyarlığından evvel gençliğini, fakirliğinden evvel zenginliğini**"

Hayatın kıymetini öğrenmek istersen mezarlığa git gör. Bir zamanlar kuş tüyünden döşeklerde yatan dünyanın bencilleri, toprakta yatıyor! Hazret-i Muhammed (S.A.V.)'i bile kucağına alan kara toprak seni de alacak. Gören gözlerine toprak dolacağı zamanı hatırla. Hatırla ki, Allah'ın huzurunda diri olduğunu ispat et, sıhhatin varken ölü gibi olma!...

Bu nimeti, vahşet derelerinde harcama. Hastahaneye git, yatağında inleyen, doktordan yardım bekleyen hastaları gör! Gör de Allah'ından sıhhat iste. Sıhhatli ânında "Allah" de. Bugün gülerek günah işlersin ama, yarın ağlayacaksın?..

مَنْ اَذْنَبَ وَهُوَ يَضْحَكُ دَخَلَ النَّارَ وَهُوَ يَبْكِى

**"Kim gülerek günah işlerse, o ağlayarak cehenneme girer."**

Ağlamadan gülemezsin. Bu hadisin derinliğine dal, düşün kendinin kaatili olma. Nemrut çok güldü, sineğin kepazesi olmaktan kurtulamadı. Dünyada direk kalan, yaptığının cezasını çekmiyen var mı? Boş kaldığı anlar, kahve köşelerinde zar atanlara refik olma. Hesap defterinin bilânçosunu yap. Zimmetine geçirme. <u>Gençliğin bir kuş gibi uçtuktan sonra çölleri aşamazsın. Yolculuk var, hazır ol!</u>...

وَلاَ تُصَعِّرْ خَدَّكَ لِلنَّاسِ وَلاَ تَمْشِ فِى الْأَرْضِ مَرَحاً
اِنَّ اللّٰهَ لاَيُحِبُّ كُلَّ مُخْتَالٍ فَخُورٍ، وَاقْصِدْ فِى مَشْيِكَ
وَاغْضُضْ مِنْ صَوْتِكَ اِنَّ اَنْكَرَ الْأَصْوَاتِ لَصَوْتُ الْحَمِيرِ

Lokman Suresi, Ayet 18-19

"İnsanlardan kibirlenip yüzünü çevirme. Yeryüzünde şımarık yürüme. Zira, Allah her kibir taslıyanı, kendini beğenip öveneni sevmez. Yürüyüşünde mûtedil ol. Sesini alçat. Seslerin en çirkini eşeklerin anırışıdır."

Neyine güveniyorsun ey insan? Âlemin rahmeti Hz. Muhammed (S.A.V.) Allah'ından korkar, O'nun huzurunda göz yaşı dökerdi. Başını secdeye koyduğu zaman, kendinden geçerdi.

Ya sen? "Meyhanede kendimden geçiyorum" desene!.. Tahsil, mal, makam ve rütbe ne kadar yükselirse mâneviyattan uzaklaşır" diye bir kayıt var mı? Bir âmirin karşısında el pençe divan duranlar, Allah huzurunda niye duramıyorlar? "Aylık alıyorum, saat dokuzda daireye gitmezsem olmaz!" diyenler, namaz kılmalıdırlar. Kılmazsa nankördür beyim, nankör...

Bir şehirde bulunuyordum. Kırk bin nüfuslu bu şehrin camilerinde bin kişi ya var, ya yoktu. Aşağı yukarı müslüman olan bu şehrin halkı nereye gitmişti? Merak ettim, cemaatten birine sordum.

Bu şehirde hıristiyan var mı?

Yoktur efendim.

Peki, bu şehrin âkıl ve bâliğ olan erkeklerinin hepsi seyahate mi çıktı?

Hayır efendim hepsi buradadır.

Peki, esir mi edildiler?

Hürüz efendim. Zaten biz Türkler, esir olmak bilmeyiz.

---

Lokman sûresi, âyet: 18-19.

— Camiye niçin gelmiyorlar? Namaz kılmazlar mı?

— Kılarlar, kılarlar ama, hepsi her gün kılmaz.

— Ne diyeceğimi bilmiyorum, medeniyettir efendim. Avrupadan ithâl ettik. Yâni onlar kılmıyor da, her âdetimizin onlara uyması lâzım. Dinî bayramlara candan bağlılık göstermememizin sebebi de budur.

— Desenize "pusulayı kaybettik!" Şu âyeti bilirsiniz:

$$وَمَنْ اَظْلَمُ مِمَّنْ ذُكِّرَ بِاٰيَاتِ رَبِّهِ ثُمَّ اَعْرَضَ عَنْهَا اِنَّا مِنَ الْمُجْرِمِينَ مُنْتَقِمُونَ$$

**"Kendisine, Rabbinin âyetleriyle öğütler verilen, sonra onlardan yüz çeviren kimseden daha zâlim kimdir? Hiç şüphesiz biz günahkârlardan intikam alıcıyız."**

Dinleyip de yüz çevirmenin, gözler varken kör kuyuya düşmenin ne kötü olduğunu anlasalardı bir gün bile Rablarından yüz çevirmezlerdi!..

Yanlış anlaşılmasın. Namaz kılmak mecburidir, herkes kılacak, kılmazsa yakasını tutacağım demiyorum. Müslüman olan ve müslüman olduğuna emin olduğu-

---

Secde sûresi, âyet: 22

na emin olan aklı başında olanlara, kardeşce emr-i ilâhîyi bildiriyorum. Dinimizde zorlamak yoktur. Severek, içten gelerek yapılmadıkça bir ibâdet; fayda yerine zarar verir.

Fakat, şu bir hakikat ki, kalbinde zerre kadar imanı olan bir insan, kâfirlerin karşısında parlayan bir güneştir. Dünya anladı ki: Allah korkusu olmazsa, hayır beklemez. İşte, biz müslümanlar, daima mü'minleri dünya yangınından kurtarmağa çalışan, saâdet bahçesinde bülbül olmasını isteyen insanlarız. Aklı başında, olgun yaşında bir müslüman bilir ki, Allah'tan başka hiç bir şeye kulluk edilmez. Yardım istenmez; yalvarılmaz. Fatiha sûresinde:

$$اِيَّاكَ نَعْبُدُ وَاِيَّاكَ نَسْتَعِينُ$$

**"Yalnız Sana ibâdet ederiz, yalnız Senden yardım isteriz."** buyurulmakta, zâlimlere meyleden gafillere haber verilmektedir.

Bu dünyada, "ALLAH" adını anmasını bildiği halde söylemiyenler hüsrana uğramaya mahkûmdur. Dinsizlik propagandası yapanlar, dinî hamle ve ibâdetlere lâf atanlara ise:

---

Fâtiha sûresi, âyet: 4

## İLÂHÎ FERMAN!

وَمَنْ اَظْلَمُ مِمَّنْ مَنَعَ مَسَاجِدَ اللّٰهِ اَنْ يُذْكَرَ فِيهَا اسْمُهُ وَسَعٰى فِى خَرَابِهَا اُولٰئِكَ مَا كَانَ لَهُمْ اَنْ يَدْخُلُوهَا اِلاَّ خَائِفِينَ لَهُمْ فِى الدُّنْيَا خِزْىٌ وَلَهُمْ فِى الْاٰخِرَةِ عَذَابٌ عَظِيمٌ

"Allah'ın mescidlerinde (secde edilen ibâdet yerlerinde) O'nun adının anılmasını men'eden, onların harâb olmasına koşandan daha zâlim kimdir? Onların (hakkı) oralara korkak korkak girmekten başkası değildir. Dünyada rüsvâylık onlarındır. Âhirette de en büük azab da yine onlarındır."

Bütün ruhunla dinle. Bu âyetin mânası karşısında hâlâ eğilmiyecek misin? Eğilmiyecekler mi? Demek ki, camiye girmeden kaçanların şeytan askeri olduğu anlaşıldı. Yine namaz vakitlerinde, "Ezan" duyarım diye kulağını tıkayan, kahve köşelerinde büzülenlerin nurdan korktuğu belli oldu.

Sen bunların hangisindensin? Derler ki: Namaz kılanların hâli meydanda. Benim kalbim tertemiz. Kalbim temiz olduktan sonra, namaza lüzum yoktur. Evet

---

Bakara sûresi, âyet: 114.

beyler! Kalbini harabeye çevirenler böyle düşünür. Gözleri kör olan güneşi görmez. Sağır olan ilâhi emri duymaz. Kalbi kararan da namaz kılmaz. Zira onlmar:

$$صُمٌّ بُكْمٌ عُمْيٌ فَهُمْ لَا يَرْجِعُونَ$$

"**Sağırlar, dilsizler, körlerdir. Artık hakka dönmezler.**" Bunlar yetmiyormuş gibi haddi aşarlar.

## DİKKAT MÜSLÜMAN!

$$مَنْ كَانَ عَدُوًّا لِلّٰهِ وَمَلٰئِكَتِهِ وَرُسُلِهِ وَجِبْرِيلَ وَمِيكَالَ فَاِنَّ اللّٰهَ عَدُوٌّ لِلْكَافِرِينَ$$

"**Kim Allah'a meleklerine, peygamberlerine, Cebrâil'e, Mikâil'e düşman olursa, şüphesiz ki, Allah da o kâfirlere düşmandır.**"

Kaleminden necaset, ağzından lâşe fışkıran, kalbinde şeytanın at oynattığı, Allah düşmanlarını tanı! Tanı da onlar gibi kâfir olma. Evlâdını, ehlini bu gafiller gürûhuna dahil etme. Böyle insanlar, kudurmuş, kendisine de hayrı olmayanlardır.

---

Bakara sûresi, âyet: 18.
Bakara sûresi, âyet 98.

## CENNET YOLLARINI NASIL GÖRECEKSİN?

Sayın okuyucu, bir müslüman Türk evlâdının bir papaza verdiği cevabı iyice düşün! Şöyle ki: Bir papaz, bir şehre gelir, kilisenin olduğu yeri bilemez. Bir çocuğa sorar:

— Evlâdım, kilise nerededir? Ben, buranın yabancısıyım, biliyorsanız yolunu gösteriveriniz.

— Peki papaz amca!

Giderler, kilisenin yanına varırlar. Papaz:

— Yavrum, seni çok sevdim. Şu para ve şekerleri al. Yarın da kiliseye gel. Sana cennetin yollarını göstereceğim.

— Peki ama, sen kilisenin yolunu bilemedin. Güneş altında kendin bulamadın. Bulamadın da ben gösteriverdim. Kilise yolunu bulamıyan nasıl cennet yollarını gösterebilir.?

Kardeşim, kulak ver. Sema'ya yükselen minarelerde ilâhî emir söylenirken, müezzin "Ey câmi yolunu bulamayanlar, cami yerine meyhaneye gitmeyin, cami burada" diye haykırırken, camiye gelemiyenler, gözleri varken göremiyenler, düşünmezler mi? Hâlini bilmediği, hiç görmediği o dehşetli günde cennetin yollarını nasıl görecekler?

Körlerin hâlini Allah:

$$\text{وَمَنْ كَانَ فِى هٰذِهِ اَعْمٰى فَهُوَ فِى الْاٰخِرَةِ اَعْمٰى وَاَضَلُّ سَبِيلًا}$$

"**Kim bu dünyada kör olursa, o âhirette de kördür. Yolda da daha şaşkındır**" buyuruyor. Ne güzel izah!..

Sakın, "Benim gözlerim sağlam, doktor rapor verdi. Bu âyetin gösterdiği körlerden değilim." deme!.. Kalb gözü kör olanlara deniyor. Yâni, hakikati gördüğü hâlde —Ebû Cehil gibi— görmemezliğe vuran bedbahtlar!..

Sonra, ilâhî tokatın altında inlersin. Hiç bir şeyden korkma. **Hazret-i Muhammed** (S.A.V.) efendimizin, **Hazret-i Ali** efendimize buyurduğunu dinle:

"**Ya Ali korkma! Ancak günahından kork
Ya Ali yalvarma! Ancak Allah'ına yalvar.**"

Dünya menfaati için zâlimlerin önünde yüz suyu dökme. Seni mahveden de kendi günahındır. Kendi elinle, dünyada iken cehennem dilekçesi yazma, mezarını kendin kazma! Zâlimler gibi azma. Azma da, Rabbinin şu emrine kulak ver:

---

İsrâ sûresi, âyet: 72

وَلَا تَرْكَنُوا اِلَى الَّذِينَ ظَلَمُوا فَتَمَسَّكُمُ النَّارُ وَمَالَكُمْ مِنْ دُونِ اللّٰهِ مِنْ اَوْلِيَاءَ ثُمَّ لَا تُنْصَرُونَ

**"Bir de zulm edenlere meyletmeyin. Sonra size ateş çarpar. Zaten sizin için Allah'tan başka yardımcılarınız yoktur. Sonra (Ondan da) yardımı göremezsiniz."**

Muhtaca muhtaç olma. Meyletme de Allah'a dayan. Dayan ki, fâni dünyanın bir yolcusu olarak Rabbin huzurunda perişan olma!

## BU DÜNYA SANA DA KALMAZ!

وَمَا هٰذِهِ الْحَيٰوةُ الدُّنْيَا اِلَّا لَهْوٌ وَلَعِبٌ وَاِنَّ الدَّارَ الْاٰخِرَةَ لَهِىَ الْحَيَوَانُ لَوْ كَانُوا يَعْلَمُونَ

**"Bu dünya hayatı bir eğlenceden, bir oyundan başka bir şey değildir. Ahiret yurdu(na gelince) şüphe yok ki, asıl hayatın tâ kendisidir. Bunu bilmiş olsalardı."**

Kardeşim, iyice düşün! Oturduğun evin, tarlanın, malın sahipleri kimlerdir? O yaşayanların da birer emel-

---

Hûd sûresi, âyet: 113

Ankebût sûresi, âyet: 64.

leri vardı. Dünyaya hâkim olan kırallarla, padişahlara vefâ etmeyen bu dünya, seni de kurtarmaz. Sen misafirsin. Ev sahibi gibi yerli olma!

Bir camide vaaz ediyordum, cemaate:

— Muhterem cemaat, ben misafirim: Burada üç gün kalacağım. Eğer beni seviyorsanız, dediğimi yapmanızı istiyorum. Bana, derhal iki gün içinde bir apartman yapılacak. O binada yatmadan gitmiyeceğim, dedim.

Cemaat, neye uğradığını bilemedi. "Acaba bu hoca meyhaneden mi, yoksa tımarhaneden mi geldi?" diyecek hale geldiler. İçlerinden biri ayağa kalktı ve şöyle dedi:

— Sayın hocamız iki gün kalacak iseniz apartman istemek hakkınız değildir. Seni kalbimizle seviyoruz. Hânelerimiz açıktır. İstediğiniz ev sizindir. Fakat, biz iki gün için apartman isteyişine şaştık!

Cemaat haklı idi. İki gün kalacak bir hocanın, apartman istemesi, vaaz karşılığı olarak bu teklifi yapması delilikti! Cemaate dedim ki:

— Kardeşlerim, misafir olduğum için bu hakkımı kaybettim. Fikrimden vazgeçiyorum! İki günlük misafirin eve ihtiyacı yoktur. Amma, şu sualin cevabını veriniz: İçinizde, iki üç gün içinde ölmeyeceğine dair senet verecek var mı?

— ........

Hepsi susuyorlardı. Ölüm seferi kimlere nasip olacak belli değildir. Onlar da misafir olduklarını anladılar, ağlamağa başladılar. Dedim ki:

— Ey Ümmet-i Muhammed! Yolcu olduğunuz halde bu kadar dünyaya muhabbet ettiniz. Apartmanlar, evler yükseltip, senelik yiyecek, giyeceğinizi hazırladınız. Belâya karşı garantiyi sağlamak için sigorta ettirdiniz. Her halde, yolcu hanı da böyle hazır olursa ebedî hayatı için daima hazırdır. içinizde bugün, **Hazret-i Muhammed**'in (S.A.V) ashabı gibi yediğinden, içtiğinden, malından, namusundan, ehlinden ve evlâdından açık alınla imtihan verecek varsa ayağa kalksın! Herşeyin hâliki Allahü Teâlâ'nın:

يَاأَيُّهَا النَّاسُ اتَّقُوا رَبَّكُمْ وَاخْشَوْا يَوْماً لَايَجْزِى وَالِدٌ عَنْ وَلَدِهِ وَلاَ مَوْلُودٌ هُوَ جَازٍ عَنْ وَالِدِهِ شَيْئاً اِنَّ وَعْدَ اللّٰهِ حَقٌّ فَلاَ تَغُرَّنَّكُمُ الْحَيٰوةُ الدُّنْيَا وَلاَيَغُرَّنَّكُمْ بِاللّٰهِ الْغَرُورُ

"**Ey insanlar! Rabbınızdan korkun, ne babanın evlâdına, ne de bizzat evlâdın babasına, hiç bir şeyin fayda vermiyeceği günden korkun. Şüphe yok ki, Allah'ın va'di hakdır. O halde, sakın sizi dünya hayatı aldatmasın. O çok aldatıcı (şeytan) sakın sizi Allah'ın hilmine güvendirmesin.**" emri fermanının karşısında berat fermanını alacak kaç kişi varsa ayağa kalksın?...

---

Lokman sûresi, âyet: 33

Kimse kalkmıyor, başlar öne eğilmiş çıt çıkmıyordu. Bu dünyanın, insanoğlunu aldattığı meydanda idi.

Her şeyin sona erdiği amel ve hayat defterinin kapandığı gün, mahkeme-i kübrâda suçlu makamında iken:

$$ اِقْرَأْ كِتَابَكَ كَفَى بِنَفْسِكَ الْيَوْمَ عَلَيْكَ حَسِيبًا $$

**"Oku kitabımı, bugün sana karşı bir hesab görücü olmak bakımından nefsin yeter"** buyurulduğu zaman ne cevap verecekti. Her yaptığının zerre miktarını bile havi olan bu kitap, kendisinin tevkifini, cehenneme atılmasını istiyor. Korkmakta hakları vardı. Zira, tehlike büyüktü.

### EY MÜSLÜMAN!

Her yaptığın iş, deftere geçiyor. Bir fotoğraf çektirirken kıyafetini düzeltir poz verirsin. Kötü yerlerde, dört duvar içinde günah işlerken, kendini yalnız sanırsın. Unutma! Diktafon var! Her nerede olursan ol; gizli âşikâr bütün sözlerin tele, doğuşundan ölümüne kadar hayatının her sayfası filme alınıyor. Yarın, seyredeceğin bu filmin âmili, mes'ûlü, sensin Allah'ın vazifeli melekleri bunu yapıyor unutma.

Mevsimlik elbise giyer gibi, ramazan müslümanı olma, sonra da "Allah'a ısmarladık cami, ben tam on iki

---

İsrâ sûresi, âyet 114

ay izinliyim. Cuma günleri yoklamaya geleceğim. Beni unutma. Ramazandaki yerimi yine alırım, kahvede bizim komşu ile şeytanın emri olan kumarı oynayacağız. İçki içecek, haram yiyeceğiz. Benim babam âlim adamdı. Ben onun oğluyum" demekle yakanı kurtaramazsın!

Kardeşim, ne hâle geldik, bunu biliyorsun. İnsanlıktan uzak olanlar, tuzak kurdu, biz de o tuzağın iplerini örüyor, tehlikeyi görmüyoruz!.. Yaşı ilerlemiş bazı kimselerin mahkeme kapılarında yalan şahitlik yaptığı, bâzı gençlerin cünüp yattığını, bazılarının da yuva yıktığını, kanun nizam dinlemeden haram yuttuğunu görüyor veya biliyorsun değil mi?

Nereye gidiyoruz. Bindiğin uçağın pilotu kim? Hangi meydana inecek. Bu körlüğün sonu yok mu? Bu sefahat ve şehvetin sonu gelmeyecek mi?

Cenâb-ı Allah'ın

$$ذَرْهُمْ يَأْكُلُوا وَيَتَمَتَّعُوا وَيُلْهِهِمُ الْأَمَلُ فَسَوْفَ يَعْلَمُونَ$$

"(Habîbim) bırak onları (kendi hallerine)! Yesinler, eğlensinler, onları emel oyalayıp dursun. Sonra bilecek onlar" tehdidinin karşısında teslim bayrağını çekecek miyiz? Bu gafiller sürüsünün peşinden gitmenin zararını anlamıyacak mıyız?

Aile, baba, anne, evlâd bağlarını hayvanî dereceye indiren; fazilet, sadakat ve emniyet mefhumlarını ayaklar altında çiğneyen mimsiz medeniyetin sesi ne zaman kısılacak?

## MÜSLÜMAN UYAN!..

Evlâdını bu meş'um selin tehlikesinden kutarmaya mecbursun. Çünkü, Allah'ın emanetidir, ihanet edemezsin. Çünkü, sen de sönmeyen imân, sarsılmayan ahlâk var. Evin güneşi olan evlâdına Kur'ân öğretmekle mükellefsin. Diyeceksin ki: Benim sözümü dinlemiyor. Oğlum mezhebini bilmiyor. Yazıklar olsun, senin gibi babaya! Evlenmekle çocuğun oldu ama, hayırlı evlâdın babası olamadın. Kur'ân sevgisi verip de Kur'ân okutmadın. "Benim babam öyle idi, sen de benim gibi bu meslekte kal, okuyup ne olacak!" diyerek mâsum yavruların hayatını zehir ettin.

Sayın baba, henüz fırsat elindedir. Vazifeni yapabilirsin. Hazret-i Allah'ın

$$وَأْمُرْ أَهْلَكَ بِالصَّلٰوةِ وَاصْطَبِرْ عَلَيْهَا$$

**"Ehline namazı emret. Kendin de ona sabır ile devam eyle"** kanununun karşısında eğilerek vazife yapmanın verdiği mânevî hazla mes'ut olursun. Kendini, dünyanın yaldızlı geçer akçelerine kaptırıp da, evlâdını bu yolda kurban etme! İşte cemiyet tablosundan ibret aynası: Nice insanlar var, ellerinde diplomalar, sayısız yabancı dillere vâkıf, kitaplar tercüme ederek, toprağın

---

Tâhâ sûresi, âyet: 132.

altındaki madeni görüyor. Körlerin bile gördüğü Allah'ın kudretini görmüyor? Bir filozofun, bir garblının saçmalarına gönül bağlıyor da, vahye dayanan peygamberin tebliğine inanmıyor! Evet efendiler, garbın her şeyini alacaklarsa, görecekIerse, Rusya Başvekili Kruşçef'in — Amerika seyahati esnasında— Amerika Reisicumhuru ile gezerlerken, kilisenin çan sesini duyan, demokrasi ve hürriyet lideri Amerika Reisicumhuru! Kruşçef'i caddede bırakarak kilisede bugünkü hâliyla bâtıl da olsa ellerini kaldırıp ALLAH'a yalvarmadı mı? Bunu görüp okumuyorlar mı? Bugün, sosyal hayatta dindar olmayı zillet sayanların nazar-ı dikkatine!

Bir otobüste yer verene teşekkür ederler, bir sigara verenin karşısında, secde edecek dereceye kadar eğilirler, büklüm büklüm olurlar, teşekkür ederler de her şeyin hâliki Allah'a şükretmezler. Daha yalnız bu değil dahası var; Bugünün ilmi ve fennî ilerlemesine ayak uyduramayan nice gafiller var! Bakıyorlar, görmüyorlar. Dinliyorlar, işitmiyorlar. Bilmiyorlar ki, dinin en büyük düşmanı, bilmeden dindar geçinen kütledir. Bizi bu hâle sokan onlar değil, biziz kardeşlerim, biziz!

Bugün nice müslüman tanıyorum, sanatının, mesleğinin en ince teferruatını dahi biliyor. Evet biliyor da, Kur'ân'ın bir sûresini, bir âyetinin mânasını, peygamberinin hayatını bilmiyor! Evlâdı sınıfta kalırsa öğretmen tutuyor, sınıftan geçirtiyor da, namazda kalırsa sormuyor bile! Evet efendiler, sormuyor. Ya sen ne yapacaksın!

## SEN BİR KASAPSIN!...

Dinden anlamayan, dini ile zerre kadar alâkası olmayan zamane yobazlarının saçmalarına aldanacak mısın? Düşünelim: Bir doktor ameliyatı bıçakla yapar. Hasta da iyileşir. Bir kasap da eline bıçağı alsa da:

— Efendim doktor kadar ben de kesmekten anlarım, bıçağı iyi kullanırım, bırakın beni, hastayı ameliyat edeyim; dese, ne cevap verirsiniz?

Zamanın sahte dalkavukları, hakikat düşmanları gibi:

— Yeni bir buluş efendim. Beklediğimiz de bu idi. Aşkolsun sana koyun kasabı! Bizim gibi mâneviyat düşmanlarının, sapıklarının hakkını müdafaa ettin. Biz seninle beraberiz, salla satırını! Doktorluk görsünler mi, dersiniz? Yoksa imân ve Allah aşkı için:

— Ey kasap! Sen mezbahanede ötersin. Hastahane senin gibi tımarhane kaçkınlarının yeri değildir. Kesilecek koyunumuz yok bizim, sus mu dersiniz?

Nice fikir ve hakikat kasapları, Ebu Cehil'in sırdaşları var. "ALLAH ALLAH" diye Avrupa'da at oynatan ceddinin evlâdlarının imânına lâf atıyorlar! Bilmiyorlar ki: "İt ürür, kervan yürür."

Müslüman korkma. Hayır! Cenâb-ı Allah'ın:

F. 4

يَا أَيُّهَا الَّذِينَ آمَنُوا لَا تَتَّخِذُوا الْكَافِرِينَ أَوْلِيَاءَ مِنْ دُونِ الْمُؤْمِنِينَ

"Ey imân edenler, mü'minleri bırakıp da kâfirleri dostlar edinmeyin" fermânını unutma! Onların fikir ve doktrinlerine kulak asma!

وَذَرِ الَّذِينَ اتَّخَذُوا دِينَهُمْ لَعِباً وَلَهْواً وَغَرَّتْهُمُ الْحَيَوةُ الدُّنْيَا

"Dinlerini bir oyuncak ve bir eğlence edinen kendilerini dünya hayatı aldatmış olan kimseleri bırak!" âyetinin karşısında hakikatı anla!

### GECE BÜLBÜLLERİ!..

Müslüman gök kubbenin altında öyle insanlar var ki, mâşuku için gece gündüz ağlıyor. İmanının sesini duyarak alnını secdeden kaldırmıyor. Bütün âlem gecenin tesiriyle, büyülenip yorgan altında, ölü gibi yatarken, gözünü uyku tutmayan, ALLAH kelamı okuyan bülbüller var! Rahmân ve Rahıym olan ALLAH bu hakikati:

---

Nisâ sûresi, âyet 144
Âl-i İmrân sûresi, âyet: 113

# NURLU SABAHI 51

مِنْ اَهْلِ الْكِتَابِ اُمَّةٌ قَائِمَةٌ يَتْلُونَ اٰيَاتِ اللّٰهِ اٰنَاۤءَ اللَّيْلِ وَهُمْ يَسْجُدُونَ

"**Ehl-i kitap içinde, ayakta dikilen bir ümmet vardır ki gecenin saatlerinde onlar secdeye kapanarak Allah'ın âyetlerini okurlar**" buyurmakla anlatıyor. Düşün insan! Sen gündüz dahi bülbül olamaz isen, mevkiin nedir?

Ulu Peygamberimiz **Hazret-i Muhammed Mustafa (S.A.V.)**'in fermanını dinle:

اَلْمَرْءُ مَعَ مَنْ اَحَبَّ

"**Kişi, sevdiği ile beraberdir.**" Demek ki, sen Allah'ı sevmiyorsun?

— Nasıl olur efendim, seviyorum Allah'ı en az senin kadar!

— Evet seviyorsun! Kahveci amcaya, meyhâneci fellâha aşkın hakiki! Her gün ziyaret etmeden duramıyorsun. Herkesin bir sevdiği olduğunu, bunu ispat ettiğini unutuyorsun. Doktor, evinde hasta bekler. Hastayı çok sever. Avukat, suçlu ve dâvâcıyı bekler. Aksini iddia edemezler. Hâdiselerin çokluğu onların bayramı sayılır. Meyhaneyi daima akşamcı ayyaşları, kahveci tir-

---

Al-i imran Suresi, Ayet 113

yakileri sever. İşte gördün herkes sevdiğini buluyor. sen Allah'ı seviyorum iddiasında bulunuyorsun. Ama gece bülbüllerinin sesinden ilham alamıyorsun; yüzünde nûr, işinde uğur, gönlünde imân ile sürur olan imânlı kullara ne mutlu!..

## SELÂM SİZLERE!...

Müslüman kardeş! Dünyada üç şeyden sakın; paranın haramından, ispirtonun dumanından, kadının da yamanından. Bunu benimseyen, kalbi Allah aşkı ile çarpan hakikî âşıklar. Sizlere ne mutlu! Dünyanın zehirli havasını teneffüs etmeyenlere, nefsine hâkim olarak şeytanını müebbed hapse mahkûm edenlere.

Sizler çok bahtiyarsınız. Allah sizlere ne buyurdu:

وَاِذَا جَاءَكَ الَّذِينَ يُؤْمِنُونَ بِاٰيَاتِنَا فَقُلْ سَلَامٌ عَلَيْكُمْ

"**Âyetlerimize imân edenler sana geldiği vakit de ki: Selâm sizlere.**" Ey gençlik ve hayatını Allah yolunda harcayan imânlı nesil! Bu vatanda, seninle iftihar ediyoruz. Allah'ın selâmını almanın saâdeti içinde olmak kadar zevkli ne vardır?

---

En'am sûresi, âyet: 54

İşte bir hak âşığı: Ayyaş bir adamla evli sâliha bir kadın! Her gün kocası uyuyunca yatağından kalkarak yaşlı gözlerle secdeye kapanarak yalvaran gönül! Bu hal her gün devam ediyor. Bundan kocasının haberi yok. "Karım beni aldatıyor, yazıklar olsun" diye kalbine şüphe gelen sarhoş koca, bir gün uyuyor gibi davranıyor. Karısının peşini takip ediyor. Gece yarısı uykusunu bırakıp kıbleye karşı dönmüş elleri, dili Allah'a yalvarıyor. Kocası peşinde şüphe hâlinde, gizli olarak dinliyor. Kadın feryâdını artırıyor. Kocasını görmeyen bu kadın:

— Ey Allah'ım, huzurunda günahkâr gözlerimden yaşlar döküyorum. Günahımı affet, eğer bu yaşlar ve imânım dergâh-ı izzetinde makbûl ise, ey Ulu Allah'ım şu anda yatağında yatan belki benden şüphe eden ayyaş kocamı da hidayete erdir. Allah'ım, o da benim gibi alnını secdeye koysun. O zehrin ikrahını ver. Rahman ve Rahıym olan Allah duamı kabul eyle! diye ağlamaya başlıyor. Bunu dinleyen kocası da ağlayarak:

Ey Allah'ım, beni affet! Bu karım benim için ağlar yalvarırken ben niye ağlayıp yalvarmıyayım! Bundan sonra beni İslâmiyet yolundan, imân nûrundan mahrum etme Allah'ım! Günahkâr yüzümle yalvarıyorum!...

Kardeşim, gördün mü? Hakikî âşık bir kadının gözyaşları, sapık bir erkeği yola nasıl getirdi? Yeryüzünde

Hazret-i Fâtıma ahlâklı kadınlar, ona âşık kızlar pek çoktur. Sen de insanlığını bir kadın kadar göstermiyecek misin? Mâneviyat yolcusu hak âşıklarına ne mutlu?

Kardeşim sen de dünya ve âhiret selâmetine nâil olmak, saâdet bahçesinin bülbülü, cennetin gülü olmak istiyorsan, gel seninle anlaşalım. Kendini şu zehirli yerlerin, kirli ellerin, hâin kalblerin, haram mülklerin şerrinden koru! Sakın aldanma. Sevildiğini bil ve sev. Sakın şu zümrelerin içinde olma!...

## KAATİL, VİCDANI KARARMIŞ SOSYETE AZGINLARI!

Dünyayı yakıp kavuran, insanlığı inleten, mâsum yavruları toprakta yatmaktan mahrum eden eli bıçaklı kaatil! Vicdanı sızlamayan hayırsız baba!..

Müslaman, sen biliyorsun bunları. Sizin komşu vardı. Son yılların modasını benimsemiş, münevver taslağı! Kucaklarında hiç çocuk görmüyordun. Halbuki, sizin vardı. Ya bunların nesli mi kesildi? Yoksa Allah mı vermedi? Bu suallerin cevabını şöyle vermiştin bana:

Niye gerisini söylemiyorsun? Peki ben söyliyeyim.

— Bunlar iyi insanlar, güzel ve zinde kalmak isterler. Çocuk büyütmenin zahmeti, maddî sıkıntısı karşısında, çocuk yapmamayı tercih ederler. Benim bildiğim bu kadar ki, bunun için çare ararlar.

Onlar, hayvanî ve nefsâni duygularını tatmin etmekten zevk alan, insanlığı, dış güzelliğinde sananlardır. Niye yıllarca çocuk büyütsün? Annesinin karnında iki üç aylık oldu mu, cellât gelir. Bu cellât kim? O cellât, doktorluk şerefini lekeleyen, yirmi beş senelik tahsilden sonra canavar ruhuna bürünen, cemiyet hayatını söndüren vicdansız doktordu. Kendi öz evlâdını dünya gözü görmeden aldıran ruhsuz anne. Bu cinâyete râzı olan canavar ruhlu baba! İşte bu üç kaatil hiç bir cezâ almadı. Caddelerin süsü olarak geziyorlar! Bunlarda vicdan var mı? Kanunu ilâhîyi dinlemeyen milletinin adâletini çiğneyen bu üç kaatili, mâsum mu sanıyorlar? Bunlar şu âyeti unuttular mı?

$$\text{وَلَاتَقْتُلُوٓا اَوْلَادَكُمْ خَشْيَةَ اِمْلَاقٍ نَحْنُ نَرْزُقُهُمْ وَاِيَّاكُمْ اِنَّ قَتْلَهُمْ كَانَ خِطْأً كَبِيراً}$$

**"Evlâdlarınızı, fakirlik korkusuyla öldürmeyiniz. Onları da; sizi de biz rızıklandırırız. Hakikat onları öldürmek büyük bir suçtur"**

Yükselmek, Avrupa'yı taklid, kavanoz mezarlığı yapmak ise yazıklar olsun öyle medeniyete! Bu katliâ-

---

İsrâ sûresi, âyet: 31

mın sonu gelmeyecek mi? Hiç bir kanun, bu câniliği önleyemez. Çünkü, her hânenin sırrına vâkıf olmak, yalnız Allah'a mahsustur. Bundan dolayıdır ki, Allah'sız kalan, dünyanın zevkine sarılan Araplar, çocuklarını diri diri mezara gömerlerdi. Ya bizimkilerine ne oldu? Zevkten kaçmayıp da, "Vücudumun şekli ve cildi bozulur" diye evlâdını öldüren bir anne ve baba acaba hangi yolun yolcusu?

Ey müslüman, yarın sen de bir baba, anne olacaksın. Sakın bunlar gibi olma! Kızına, oğluna imân ruhu aşıla ki, yarının cânisi olmasın. Bir hayvan bile yavrusunu vermez. Alırsan acı acı ağlar! Bir kadın ve kocada, bir hayvan ruhu da mı kalmadı? Nereye yolculuk beyler nereye? Sanıyorlar mı ki, bu dünya onları kurtarır? Hayır efendiler. Kurtaramayacak!

وَلَا تَمْشِ فِى الْأَرْضِ مَرَحاً اِنَّكَ لَنْ تَخْرِقَ الْأَرْضَ وَلَنْ تَبْلُغَ الْجِبَالَ طُولاً

"Yeryüzünde kibrü azametle yürüme. Çünkü arzı cidden yaramazsın. Boyca da asla dağlara eremezsin!..."

Bugünün mağrurları, bir gün gururla bastığı toprağın altında çiğnenmeyecek mi? Kara kalblerinin he-

---

İsrâ sûresi, âyet: 37

sabını verecekleri günden haberi yok mu? Kardeşim, bu eli kanlı kaatiller içinden sıyrılmaya, Kur'ân'a sarılmaya bak!

Kardeşim vicdanın hâkim olsun, aklın da savcı. Dünyanın her türlü dalgalarına kapılmadan şu iki zümreni kıyâsını oku da iblisler cemaatine dahil olmayı aklından çıkar. İmân ışıkları ile hakikati duy.

## İŞTE DİNSİZ İLE DİNDARIN MUKAYESESİ

Size göre dünya nedir efendim?

Dinsiz: —Yaşanacak, eğlenecek bir yer. Hayatım müddetince, yaşamaktan başka gayem yok. Mazlûmun göz yaşından milletin inleyişinden zevk alınan yerdir dünya! Dünyaya bir daha mı geleceğim? Vurduğum, çaldığım vahşetin her nev'ini yaptığım kâr kalır bana!..

Dindar:— Dünya, insanlar için bir okuldur. Onun öğretmenleri peygamberler, kitabı da vahye dayanan kitaplar, bâhusus Kur'ân'dır. Bu kitablar sâyesinde, dünyanın zehirinden korunur, saadetine ulaşırız. <u>Yarın Allah huzurunda vereceğim imtihan için çalışıyorum. Bunun için, kendi âhiret biletimi almaktan, cemiyete faydalı olmaktan başka gâyem yoktur</u>. Biz müslümanlar, Cenâb-ı Allah'ın:

يَوْمَ يَفِرُّ الْمَرْءُ مِنْ أَخِيهِ وَأُمِّهِ وَأَبِيهِ وَصَاحِبَتِهِ وَبَنِيهِ لِكُلِّ امْرِىءٍ مِنْهُمْ يَوْمَئِذٍ شَأْنٌ يُغْنِيهِ وُجُوهٌ يَوْمَئِذٍ مُسْفِرَةٌ ضَاحِكَةٌ مُسْتَبْشِرَةٌ

"Evet, kişinin kaçacağı gün biraderinden, anasından, babasından, o gün bunlardan herkesin kendisine yeter bir işi, (derdi, belâsı) vardır. O gün, yüzler vardır, pırıl pırıl parlayıcıdır. Gülücüdür, sevinçlidir." emrine yolcu insanlarız. Başka gayemiz yoktur.

— Din deyince, ne anlarsınız?

Dinsiz: — Sormayın efendim. Çekmediğimiz mi kaldı bu dinden? Bir hamle yaparız, din dur der: soyunuruz, giyin der; vicdanımın verdiği karara itiraz ederdin. Cemiyet yüselir, herşey nizama girer ama, bu din kalkarsa...

Dindar: — Din insanların dünya ve âhiret hayatları için vaz'edilmiş ilâhî bir kanundur. Bu kanunlar, dünyanın huzurunu, insanın saâdetini sağlayan, insanca yaşamasını öğreten emirlerdir. Din duygusu insanın fıtratında vardır. Peygamberimiz Hazret-i Muhammad (S.A.V.) **"Her doğan İslâm fıtratı üzerine doğar"** buyurdu. Ama, yolunu şaşıranlar haktan ayrıldı. Şeyta-

---

Abese sûresi, âyet: 34-39.

nın vurduğu yularla gezmeğe, emrettiği vahşetleri yapmağa başladı. Dinsiz bir cemiyet yoktur. Ne de olabilir. Her ne kadar din düşmları varsa da bunlar, nazara alınmaz. Zira onlar, aklını kullanamayan, acınacak, şeytanın sözcüleridir. Bunların neticesi meydandadır.

— Ey dinsiz! Size göre Allah var mıdır?

— Yoktur (!) efendim. Akıl ve mantık bunu kanunları ile reddeder. Tabiat hâkimdir her şeye. Gözümle görmediğime, deneyini yapmadığıma inanamam. Sizler gibi ömrümü cami kapılarında geçirmek istemem...

— Dindar kardeşim size göre?

— Efendim, bu sualin cevabı verilirken tüylerim ürperdi. Bu kadar şuursuzluk olur mu? Allah'ına inanmamak, şeytanın bile haddi değildir. Onlar, görmedikleri, akla, vicdana, ruha inanırlar da, Allah'a inanmazlar. Ben, Allah'a öyle inanmışım ki, O yok değil vardır, tek birdir. Ezelîdir, eskimez, ebedîdir. Ölmez. Her şey O'na muhtaç. Âlimdir. Bilir.

— Yeter kardeşim, anladım.

— Sen söyle! Dindarlığı zillet bilen bedbaht! Her istediğin olsa ne yapardın?

— Prensler gibi yaşardım. Yer içer, etrafımda binlerce uşaklarım olurdu:

— Bu kadar mı?

— Kral olur, vezir olurum! Herkes önümde diz çöker, milleti inim inim inletirim.

— Netice?

— Yaşlanmaya başlayınca, rahat ederim. Nefsimin arzusu ile yaşarım...

— Peki ölmez misiniz?

— Ben de her insan gibi ölürüm. Ölürüm ama, gözüm arkamda kalmaz. Zaten toprak olacağım, sonu da bu değil mi?

— Dirilmiyecek misin?

— İmkân mı var? Bu sorunuzu beğenmedim doğrusu...

Sonra ne olacak?

— Hiç efendim hiç..

— Müslüman kardeşim, siz cevap veriniz: Her istediğiniz olsa ne yapardınız?

— Her istediğimin olmasına imkân var mı? Ben Allah'a, âlemlerin güneşi **Hazret-i Muhammed** (S.A.V.)'e ulaşmak isterim. Bunun için çocukluğumdan itibaren aşkımı ilân ederim!...

— Daha sonra?

— Dinimin emirlerine sarılır, secdeye kapanır, gözyaşı dökerim. Karıncanın bile canını incitmem. İyilik yapar, kötülüğü nehyederim.

—Gençliğini nerede geçirirsin?

—Allah yolunda!... O yol ki, gençliğin tesirini, nefsin, âfetini önlüyor. Huzur ve saâdet veriyor. Öleceğim âna kadar, daima hazır olur, ölmeyecekmiş gibi çalışırım.

— Sonra?

— Allah izin verirse — amelim sağdan verilir, yüzüm ak çıkarsa— cennet ve cemâline, Habîbi Muhammed (S.A.V.)'e vâsıl olurum.

Ey müslüman! Bu soru ve cevaplar, cemiyet içinde yaşayan, birbirine zıt cereyanın tâ kendisidir. Bu kadar korkunç bir âfetin tesiri altında kalmamalıyız. Ey ruhuna huzur, kalbine iman arayan, bu iki nimete gülen İslâm ve cennet bülbülleri. Bunun için nelere dikkat etmeliyiz? Düşünelim. Cemiyetin temeline âile ocaklarından ve bu ocakların ıslahından başlamak en sonuna kadar her şeyimizde imânı kumandan, namazı nöbetçi, ahlâkı ordu yaparak harbe hazır olmalıyız. Bu teşkilât gözü ile düşünelim.

## EVLENECEKSİN (KİMİ ALAYIM?..)

Gözün yine caddelerde değil mi? Kaşı gözü oynayana aşıksın, babanı dinlemez, din gözetmezsin; asalet aramak da safsata! Hıristiyan demez, ahlâksız demez, kucağına atılırsın, yarın da mahkemede. "istemem beyim! Boşanmak istiyorum!" diye ağlarsın! Kız isen, caka satana, caddelerde lâf atana, babasına tokat, anasına tekme ziyafeti çekene, her gün su yerine içki içene âşık olursun. Sonunda malûm..ya umumun kadını ve bedbaht bir insan... Ana baba asla sizden geri kalır mı? Der ki:

"Oğlum, kızım filân çok zengin, çok güzel, alalım varalım. Aman yavrum, ben bir fakirle evlendim. Yüzüm gülmedi, sen bari yaşa!"

Müslüman! Bu tipteki insanlarla cemiyet dolu değil mi? Hayatının taşını atarken iyi düşün. Sen bunlar gibi olma! Peygamberin emrine göre hareket et. Buyurdu ki:

إِنَّ الْمَرْأَةَ تُنْكَحُ لِدِينِهَا وَمَالِهَا وَجَمَالِهَا فَعَلَيْكَ بِذَاتِ الدِّينِ تَرِبَتْ يَدَاكَ

**"Kadın nikâhla ya dindarlığından, ya malından, yahut güzelliğinden dolayı alınır. Hay iki eli toprak olası, sen dindar olanı tercih et.."**

Bu hadis-i şerifin süzgecinden kendinimizi geçirelim. Ben sorayım, sen cevap ver:

— Evlâdını kız olsun, erkek olsun **Hazret-i Muhammed** (S.A.V.) ahlâkı ile büyüttün ve seçeceği hayat yoldaşı için aynı şeyleri nazara aldın mı?

— Anlıyorum desem, yalan söylemiş olurum. Bizim gözlerimize madde perde oldu. Kızım tutturdu: **"Ben üniformalı memur, sanatkâr çalgıcı filâna varacağım. Hem baba; biz sevişiyoruz. Aramıza girip de kaatilimiz olma."**

Sözünü kestim ve:

— Senin haberin olmadan nasıl âşık oldu kızın?

— Benim yüzümün kara damgası da bu değil mi? Sen bilirsin Allah'ım; beni affet. Âşık olmakla kalsalar... Dünya değişti evlâdım; hayâ kalmadı, beni âdemde. Bir kız, doğurduğu çocuğu gömerken, komşuları yakalamışlar!...

— Kız doğurur mu?

— Ah evlâdım ah; biz ki, namusu için, yedilerin nesliyiz.. Şimdi neyimiz kaldı, şaşıyorum!

— Niye ağlıyorsun?

— Yarını düşünüyorum da korkulu rüyalar görüyorum. **Hazret-i Ali efendimiz (R.A.) buyurdu ki: "Namusundan cömerdlik yapan zelil, malından cömerdlik yapan aziz olur."**

İşte mevkiimiz.

— Üzülme babacığım, senin kızın, oğlun bu derece değildir. Onların kalbinde imânı var; nasihat edersen tesir eder. Yarın kızın ve oğlun yuva kurduğu zaman ne yapacaklar?..

Şu âyetin derinliğine dal:

وَمِنْ اٰيَاتِهِ اَنْ خَلَقَ لَكُمْ مِنْ اَنْفُسِكُمْ اَزْوَاجاً لِتَسْكُنُوا اِلَيْهَا وَجَعَلَ بَيْنَكُمْ مَوَدَّةً وَرَحْمَةً اِنَّ فِى ذٰلِكَ لَاٰيَاتٍ لِقَوْمٍ يَتَفَكَّرُونَ

"Size nefislerinizden kendilerine ısınasınız diye zevceler yaratmış olması, aranızda, bir sevgi ve esirgeme yapması da O'nun âyetlerindendir. Şüphesiz ki, burada; hakikatlere kulak verecek bir zümre için, mutlak ibretler vardır."

Evlenmede, karşılıklı sevgi, merhamet ve bir emel bulunmalıdır. Seksüel sevgiler, elbette cemiyetin başına belâ olur. İnsan ruhu manevî terbiye alır, kuracağı yuvayı İslâm esaslarına göre kurarsa ancak huzur bulur. Aksini iddia etmek, mahkemede boynu bükülen çocukların, sosyal hayattaki dulların hâlini görmemek, bunu düşünemiyecek kadar şuursuzluğunu ispat etmek demektir.

10 sene, 20 sene kocasını bekleyen kadınlar bizim annelerimizdi. Gözlerini haramdan koruyan, harim'i ismetini, ölse bile teslim etmeyen hatunlar bizim anne

---

Rûm sûresi, âyet: 21

mizdi. Ama, şimdi ihânetler, karşılıklı pazarlıklar aldı yürüdü. Sağlam temele dayanmıyan aile, ağaçtaki kuru yaprak gibidir. O yaprak düşecektir. Böyle yuva da elbette çökecektir. Nefis putunun emirleri ile tüten ocak pâyidar olsa idi, şeytan eski makamında kalır lânetle taşlanmazdı.

Asil kardeşlerim!

Evlenirken dikkatli olun! Şu noktaddan ayrılmayınız. Dindarını arayın, sizi dinsiz yapmasın, namuslusunu arayın namusunu satmasın, midesine haram katmasın.. İmanlasını arayın, ahlâklısını arayın, cünüp yatmasın. Bunlar bitmez. Evde huzûr, hayatta sürûr, kabirde nûr istersen bunları yap, bak neler göreceksin?

Asil kadınlarımız kızlarımız!

Sizinle ne kadar iftihar etsek yeridir. Sen: yetimlerin, şehitlerin, yiğitlerin annesisin ve olacaksın. Yine aynı yolda senin namuslu çehren ve vakarlı hâlini yaşamasını görmek, unutulmaz zevktir. Seni yaratan ALLAH ne buyurdu bak:

$$\text{وَقُلْ لِلْمُؤْمِنَاتِ يَغْضُضْنَ مِنْ أَبْصَارِهِنَّ وَيَحْفَظْنَ فُرُوجَهُنَّ}$$

F. 5

"Mümin kadınlara söyle: Gözlerini (haramdan) sakınsınlar, ırzlarını korusunlar." Sen bu âyetin emrinden ayrılma! Mes'ut yuvanda duyduğun mânevi huzuru hatırla. Sana nimetlerini veren Rabbına şükret. Peygamberimiz (S.A.) kızı Fâtıma (r. Anhâ) gibi ol. Zaten senin damarlarındaki kanın, kalbindeki imanın bunu emreder. Başka türlü olamazsın. Hain göz ve kalblerin şerrinden kedini koru!

## CENNETLİK KADIN

Kızlarımız; siz dürüst olur, Hazret-i Âişe ve Fâtıma'nın yolundan giderseniz ne var bilir misiniz? Onu, ben değil, bizim için ağlayan sızlayan âlemlerin rahmeti **Hazret-i Muhammed** (S.A.V.) söylüyor. İşte müjde:

إِذَا صَلَّتِ الْمَرْأَةُ خَمْسَهَا وَصَامَتْ شَهْرَهَا وَحَفِظَتْ فَرْجَهَا وَأَطَاعَتْ زَوْجَهَا دَخَلَتِ الْجَنَّةَ

"Kadın, beş vakit namazını kılar, ramazan orucunu tutar, ismetini (nâmusunu) korur, kocasına itaat ederse, cennete girer."

---

Nûr sûresi, âyet 31

Ne büyük lütuf değil mi? Sen bunları zâten yapıyorsun. Ama, bazı kadın suratlı, şeytan tabiatlı kötülerden kendini koru. Onların sükseli hayatı seni aldatmasın. Meşum tavırları parlak görünmesin. Namazını daima kıl. Evde Kur'an oku. Evlâdını okut, evinizde nûru ilâhi parlasın dursun. Şayet kocan aksi bir insan ise, bir yolunu bularak onu da aynı yolun yolcusu, yapmaya çalış. Evinde çocuğun aç yatarken, kürk manto isteme. Ayağını yorganına göre uzat. Güneşte solmuş çiçekler gibi olup da, caddelerde güzellik arama!

Allah'ın verdiği güzellik, ruh güzelliği sana yeter. Dışını Avrupaî boyalarla (!) süslerken içini nurla süslemeyi unutma. Senin süse de ihtiyacın yok. Çünkü, peygamber aşığı, Allah'ın sevgili kulusun! Kocana da itaatsizlik etme. Bu senin birinci vazifendir.

Peygamber (S.A.V.) buyurdu ki:

لَوْ كُنْتُ آمِراً أَحَداً أَنْ يَسْجُدَ لِأَحَدٍ لَأَمَرْتُ الْمَرْأَةَ أَنْ تَسْجُدَ لِزَوْجِهَا

"**Bir kimsenin bir kimseye secde etmesini emredecek olsaydım, kadının kocasına secde etmesini emrederdim.**"

Düşün kardeşim, ne büyük emir değil mi? Sen, kocana itaat ediyorsun. Ama, bazan da karşıda gelmiyor değilsin. İşte onu da terket ki azâb-ı elime uğramayasın.

Senin gibi bir kadın ne yapmıştı bak: Gece yarısı uykuda bulunan kocası su istedi. Kadın ''kocamın yüreği yatmıştır''diyerek odada bulunan suyu vermedi. Alt katta bulunan buzdolabından su almaya gitti. Geldiği zaman, kocasını uyur buldu. Elinde bardak, saatlerce, kocam uyanacak su içecek diye bekledi. Belki kocam uykuda bir rüyâ âlemindedir, belki bir zevkli hal içindedir diye uyandırmadı. Bir müddet sonra kocası uyanınca aralarında şu konuşma oldu:

— Hanım, böyle ne bekliyorsun? Gecenin saatlerini uyanık geçiriyorsun?

— Su istemiştin efendim. Yüreğin yanmıştır, soğuk su vereyim diye aşağıya indim. Geldiğim zaman sizi uyur buldum. Uyanmanızı bekledim. Buyurun, içiniz.

Bu hâle memnun olan, sevinç gözyaşları döken kocası:

— Senin gibi bir kadına mâlik olmak benim için ne büyük saâdettir. Hanım, ne istersen yapacağım.

— Öyle ise beni boşa!...

.....

Susma! Söz verdiniz, arzumu yerine getiriniz.

Boşanmak için giderlerken yolda araba devrilir. İçten gelen bir sesle, erkek "ALLAH" der. Kadın, bunun üzerine:

— Dönelim artık, boşanmanın sebebi kalmadı.

— Hanım ne çabuk değiştin?

— Ben, yıllardır yanındayım. Nimeti yedin şükretmedin! Hayâtında Allah dediğini duymadım. Şimdi dedin, işte geri dönüyoruz.

Sayın kadınlarımız; sizin anneniz böyle idi. Sen de aynı olabilirsin. İmânınız kükresin, ahlâkınız yükselsin.

Ey ilâhî! Ne güzel kulların var, emrini tutan sâdık mü'minlerin var! Bütün Ümmet-i Muhammedi bu yoldan ayırma. Yâ Rab! Kadınlarımızı nâmus elbisesinden mahrum etme! Âmin!..

## YAKLAŞMA ZİNÂ HAYÂSIZLIKTIR...

Bugün ufukların daraldığı, kalblerin karardığı bir âlemin yolcularını düşün... Semâ, kara bulutlarla kaplı, yeryüzü günahkârlarla dolu!..

Ey âdemoğlu! Nefsânî duyguların esiri, şuur ve idrâkten mahrum bedbahtların hâlini daima görmektesin. Hergün yüzlerce cinâyet... İşte, kuduran cemiyet şeytanları!... **Bir kayıkçı, üç çocuğu ile nâmusunu teslim etmiyen kadını öldürdü. Randevu evleri basıldı. Filân dul kadın hâmile. Kızı kaçırdılar. Posta ile kadın eti gönderildi. Ve daha neleri!** Bunların sebebi nedir? Vicdanı vicdan diyenler, bu mikropların vicdanı olmadığını isbat edebilir mi? Ağır cezalar da var. Yine yola gelmeyen bu zümreye bir diyecekleri var mı? Eğer Allah'ın emri tutulsa kendisinden korkulsa:

إِنَّمَا الْمُؤْمِنُونَ اِخْوَةٌ

"**Muhakkak mü'minler, birbirleriyle kardeşler**" fermân-ı ilâhîsi hakikaten yaşansa, bir nâmus kartalı bulunur mu?

Hazret-i Allah:

وَلاَ تَقْرَبُوا الزِّنٰى اِنَّهُ كَانَ فَاحِشَةً وَسَآءَ سَبِيلاً

"**Zinaya yaklaşmayın. Çünkü o, şüphesiz bir hayâsızlıktır. Kötü bir yoldur.**" buyurdular. Zinâ yapmak şöyle dursun, yaklaşmaya bile müsaade etmeyen Allah'ı düşün bir de, zinâ yapan günahkâr kulu!

Bunlar kimin kulları? Hangi gâyenin yolcusu? İnsan olduktan sonra, vicdan sızlamazsa bu hâle sahip de-

---

Hucurât sûresi, âyet: 10.
İsrâ sûresi, âyet: 32

ğildir o bir kalbe... Ey şehid evlâtları; Atalarının ruhunu rahatsız etmek istersen câni ol!... Kanında asâlet, îmanında hakikat varsa ceddinin evlâdı olduğunu isbat et. Nâmusuna yan baktırma ve bakma! Rabbın ne buyurdu bak:

قُلْ لِلْمُؤْمِنِينَ يَغُضُّوا مِنْ اَبْصَارِهِمْ وَيَحْفَظُوا فُرُوجَهُمْ

"**Mü'min erkeklere söyle gözlerini haramdan sakınsınlar ve ırzlarını korusunlar.**" Sen bu âyetin hududunu aşma, itaat et. Bu gün umumun kadını mevkiinde olanlara sor: Acaba bu hayatı kendileri mi istedi? Vicdansız bir erkeğin kurbanları onlar! Nefsi kudurmuş domuz tabiatlı canavarların esiri onlar! İşte, dinin emirleri benimsenmezse netice bu olur.

Ey baba, oğlun büyüdü, diye meyhânenin yollarını gösterenler gibi olma. Nâmus duygusu ver ona. Anneler, kızının sandığına çeyiz yığarken, kalbine de nâmus çeyizleri doldurmayı unutma!.. Yoksa yarın huzur-u ilâhide, kara damga alır, cehennemi boylarsın. **Peygamberimiz (S.A.V.)** buyururlar ki:

اِيَّاكُمْ وَالزِّنَا فَاِنَّ فِيهِ اَرْبَعَ خِصَالٍ يُذْهِبُ الْبَهَاءَ عَنِ

---

Nûr sûresi, âyet: 30

الْوَجْهِ وَيَقْطَعُ الرِّزْقَ وَيُسْخِطُ الرَّحْمٰنَ وَالْخُلُودَ فِى النَّارِ

"Zinâdan sakınınız. Zirâ, zinâda dört hal vardır: Yüzde olan nûr-u cemâli, rızıkta olan hayır ve bereketi giderir. Cenâb-ı Allah'ın gazabını ve uzun müddet nâr-ı cehennemde azâbı intâç eder."

Sen, yüzü nursuz, bereketsiz, Allah'ın gazab ve azabına uğramış cehennem kütüğü olamazsın. Sen bir peygamberin ümmetisin ki, o peygamber, bunun için yalvaracak. Sen, bu kadar akılsız olamaz, nâmussuzlar zümresine giremezsin. Çünkü sen hayırlı ümmetsin!..

Gençlerimiz, gençlik bir nimettir. İhânet etmiyelim. Helâlı bırakıp harama gitmeyelim. Bu vatana millete, devlete bağlı olan, Allah'a imanı, Peygamber (S.A.V.)'e muhabbet ve itimadı olan bir insan zinâ yapmaz. Yaparsa bu duygulardan mahrumdur. Allah'ı, Peygamber'i ve ilâhî kanunları saymayan bir insan, hınzırdan başka ne olabilir?

Ey İlâhi! Müslüman Türk evlâtlarının cümlesini nâmus yolundan ayırma! Zinâ suçu ile damga vurdurma!... Âmin...

## TEVBE!... YİNE TEVBE..

İnsan hayatı, bir rüya gibidir, çabuk geçer. Eğer rüya iyi ise hayra, kötü ise şerre yorumlanır. Cemiyetimizde de öyle insanlar var ki, günah arabasına binmiş, pazarlarda günah arıyor. Ne yapacak bunları? Kanundan kaçan eşkiya gibi, Allah emrinden bunlar, neye kaçıyorlar? Günahının çokluğundan ümit kesenler, bir idamlık gibi cehennem mi bekliyorlar? Allah'ın rahmet ve merhameti o kadar çok ki, kulları için ne büyük nimet!.. İşte âyet-i kerîme:

$$\text{وَمَنْ يُطِعِ اللَّهَ وَرَسُولَهُ وَيَخْشَى اللَّهَ وَيَتَّقْهِ فَأُولَٰئِكَ هُمُ الْفَائِزُونَ}$$

"Kim Allah'a ve Resûlü'ne itâat ederse (geçmiş günahlarından dolayı) Allah'tan korkarsa (gelecek günahlarından dolayı) O'ndan sakınırsa, kurtuluşu bulanlar işte bu kimselerdir"

Gördün mü? Me'yûs olma. Uçuruma yuvarlanmak zamanı geçti. Günahkârları affeden Allah'a yalvar. Huzurunda diz çök. Kara yüzünü yıka! Gündüzün aydınlığında, gecenin karanlığında daima ağla. Tövbe ettiğine kendin de inan. Emin ol, saâdet güneşinin ışıkları kalbine hafif hafif girer. Yıllardır boş kalan kalbin öyle bir saray olur ki, seni âdeta bir padişah yapar. Sana ha-

---

Nûr sûresi, âyet: 52

yâl gelmesin. Peygamberimiz **Hazret-i Muhammed** (S.A.V.): "**Allah katında iki damla ve iki iz'den daha sevimli bir şey yoktur. Allah korkusudan dolayı akan yaş ve Allah yolunda dökülen kan damlaları. İki iz'e gelince: Allah yolunda alınan yara izleriyle, Allah'ın farzlarını ifâ ederken husûle gelen eserlerdir.**"

Gözünden akan yaşlar pişmanlığın eseri ise korkma. Allah katında sevgilisin. Ama bir daha işlememek şartı ile. Allah kullarını o kadar seviyor ki, günahkârını bile huzuruna çağırıyor. İşte âyet-i Kur'âniyye:

$$\text{قُلْ يَاعِبَادِيَ الَّذِينَ اَسْرَفُوا عَلَى اَنْفُسِهِمْ لَاتَقْنَطُوا مِنْ رَحْمَةِ اللّٰهِ اِنَّ اللّٰهَ يَغْفِرُ الذُّنُوبَ جَمِيعاً اِنَّهُ هُوَ الْغَفُورُ الرَّحِيمُ}$$

"**De ki: Ey kendilerinin elayhinde (günahda) haddini aşanlar, Allah'ın rahmetinden ümidinizi kesmeyin. ÇÜnkü Allah bütün günahları affeder. Şüphesiz ki, o çok yargılayıcıdır. Çok esirgeyicidir.**" Bu kurtuluş kapısı, senin için daima açıktır. Gel kardeşim, ümid kapısından girmeğe çalış. Günahların seni terketmeden,

---

Zümer sûresi, âyet: 53.

sen günahlarını terket. Günah işleyemez bir hale geldiğin gün huzur-u ilâhîde:

"Sağlam bünyeli olduğun vakit şeytanın uşağı oldun. Şimdi kapısından kovuldun. Hangi yüzle huzuruma geldin?" sualine ne cevap vereceksin? Bugün, maddî hastalığın tedâvisi ilâç ve perhiz ise, mânevi hastalığın çaresi tevbe ve kötülükten kaçınmaktır. Boşuna yorulma. Uyuzluğun kaşınması gibi günahınla övünme. Gel îman elbisesine, İslâm sarayına, **Hazret-i Muhammed** (S.A.V.) ordusuna gir. Bütün günahları affeden Allah, seni rahmet kapılarına çağırıyor. Dâvete icabet et. Dağlar gibi gühanın da olsa, ihlâs ile tevbe edersen, karlar gibi günâhın da eriyecek, gönlün cennet bahçesine dönecek, îman kandili nur gibi parlayacak, huzur içinde kalacaksın. İşte Hazret-i Ömer ve Çalgıcı:

Senelerce çalgı çalmakla ömrünü geçiren, her günâh pazarında tüccarlık yapan, ihtiyarladığı zaman her eğlence yerinden kovulan bir suçlunun hâli!

Son bir ümitle, mezarlıkta gecenin karanlığında bütün varlığı ile haykıran çalgıcı Allah'ına yalvarıyor:

— Allah'ım! Yıllardır nimetini yedim. Sana lâyık kulluk edemedim. Şimdi çalışamaz hâle geldim. Öleceğim an yaklaştı. Fakat, şu günahkâr yüzüm kirli elimle huzuruna gelmeye korkuyorum. Ama, yine de geleceğim, Allah'ım!.. Settârsın, günahımı setret!... Rahmân ve Rahıymsin merhamet et! sana nasıl kulluk yapacağımı bilmiyorum. Elimdeki sazdan başka bir şeyim yok! Affet beni Allah'ım affet!

Bu yalvarıştan sonra uyuya kalır İslâm'ın adâlet mümessili **Hazret-i Ömer:**

— O gece bir türlü uyuyamadım. Bir ara kendimden geçmişim. Bir nidâ geldi:

— Yâ Ömer, kalk, mezarlıkta benim sevgili bir kulum var. Ona selâmımı söyle. Ben, ondan râzıyım ona yiyecek ve içecek götür.

**Hazret-i Ömer,** hemen mezarlığa gidiyor ve diyor ki:

"Mezarlığa vardığım zaman, ihtiyar çalgıcıyı gördüm. Ben Allah'ın sevgili kulunu arıyordum. Çalgıcıdan başka kimseyi görmeyince, budur, diye baş ucunda uyanmasını bekledim.

Allah'ın selâmını ve **Hazret-i Ömer'**in alâkasını elde eden, fakat bunlardan haberi olmayan ihtiyar çalgıcı, huzurunda halîfeyi görünce korkuyor ve yaşlı gözlerle;

— Yâ Ömer! Beni te'dibe mi geldin? Ben günahkârın cezasını vermeye mi geldin?

**Hazret-i Ömer,** derhal

— Müjde! Sana Allah'ın selâmı var. "Ben o kulumdan râzıyım, ona yiyecek içecek götür," dedi.

Bundan sonra emrine amadeyim, beni affet.

Ey müslüman!... Koskoca **Ömer** (R.A.) i bir çalgıcıya hizmet ettiren ne? Ömrünü çalgıcılıkla geçiren ihtiyarın, Allah'tan bu müjdeye ulaşmasının sebebi ne? İyice düşün! Bütün varlığı ile iman kıvılcımları arasında yükselen ses! İhlâslı bir aşkın acıklı yalvarışı! Gördün işte; hiç bir dünya gayesi olmadan yapılan bir iş ve tevbe, insanı tertemiz yapıyor. Ne olur, kendini kendin cehenneme atma! Sen de böyle tevbe et!..

## DİKKAT... İHLAS ŞART!..

Bir insan, amelinde tevbesinde kat'î olarak şu üç şeyden uzak kalmalıdır: Gayesi servet olmayacak nice insanlar vardır ki, maddî durumlarını düzeltmek için, müslüman kisvesi altında gemisini yürütür. Dinî sıfatları istismâr eder. Bu yolu Allah'a götüren yol olarak değil, her kötülüğün yolu yapar. İşte, böyle yapanlar amellerinden bir fayda göremediği gibi âzaba da uğrayacaktır. Ama onlar, "ettiğimiz kâr kalır" derler. İşte ferman:

اَمْ حَسِبَ الَّذِينَ يَعْمَلُونَ السَّيِّئَاتِ اَنْ يَسْبِقُونَا سَاۤءَ

مَا يَحْكُمُونَ

**"Yoksa kötülükler yapanlar, bizden kaçıp savuşacaklarını mı sandılar. Ne fenâ hükmediyorlar..."**

Evet, kaçamazlar. Eden daima bulur. Onlar da bulacak. Allah'ım Ümmet-i Muhammed'i servet düşünmeksizin yolunda yürüyenlerden eyle.

Müslümanın gayesi şöhret olmayacak. Gösteriş düşkünü olarak çeşitli foyalarla cemiyeti aldatanlar, yarın inliyecektir. Bir insan, hangi masanın âmiri, hangi kasanın memuru olursa olsun, şöhret peşinde koşarsa, ondan ne hayır gelir, ne de kendisine hayır olur; o gibiler, muhakkak etrafını aydınlatayım derken, kendini yakan mum gibi mahvolur gider. Dikkat! Maskeler aşağı:

وَمِنَ النَّاسِ مَنْ يُعْجِبُكَ قَوْلُهُ فِى الْحَيٰوةِ الدُّنْيَا وَيُشْهِدُ اللّٰهَ عَلٰى مَافِى قَلْبِهِ وَهُوَ اَلَدُّ الْخِصَامِ

**"İnsanlardan öyle kimseler vardır ki, onun dünya hayatına ait sözü boşuna gider ve o, kalbinden Allah'ı şahid getirir. Halbuki o, düşmanlarının en yamanıdır."**

---

Ankebût sûresi, âyet: 4.
Bakara sûresi, âyet: 204.

Evet müslüman! Açık düşmandan fazla korkulmaz. Dost kisvesi altında kanımızı, imanımızı kemiren şöhret düşkünlerinden korkulur. Allah'ım bizi bunlardan koru!...

Üçüncü gâye: Şayet. Nefis arabasının izini takib eden, nefsi kabardığı zaman en korkunç cinayetleri bile yapmaktan zevk alan şehvet düşkünleri!... İnsanlık bahçesinin zehirli kurtları şehvet putunu kıramıyan, emrinden çıkamıyan bedbahtlar, mevkileri ne olursa olsun, daima inliyeceklerdir. Bu dünya hayatında Allah bizi imtihan etmektedir. İşte sual:

$$وَلَنَبْلُوَنَّكُمْ بِشَيْءٍ مِنَ الْخَوْفِ وَالْجُوعِ وَنَقْصٍ مِنَ الْاَمْوَالِ وَالْاَنْفُسِ وَالثَّمَرَاتِ وَبَشِّرِ الصَّابِرِينَ$$

‟And olsun, sizi biraz korku, açlık, mallardan ve mahsullerden yana eksiltme ile imtihan edeceğiz. Sabredenlere müjde" bu imtihanın içinden yüz akı ile çıkmağa, bu hâlimizle imkân var mı? Çare yok. Bu köprüden geçeceğiz. Korku, açlık, bir imtihan suali. Öyle ise, Allah'tan uzaklaşarak zâlimin uşağı olma! Allah'ına tevekkül et. Haksızlığa aslâ râzı olma. Zâlimleri

---

Bakara sûresi, âyet: 155

alkışlama. Zulmü sevme. Ölüm pahasına da olsa, hakkı kaldır. Allah ve Peygamber yolundan dönme!...

Sadece dudaktan inananlar gibi olma!...

وَمِنَ النَّاسِ مَنْ يَقُولُ اٰمَنَّا بِاللّٰهِ وَبِالْيَوْمِ الْاٰخِرِ وَمَاهُمْ بِمُؤْمِنِينَ يُخَادِعُونَ اللّٰهَ وَالَّذِينَ اٰمَنُوا وَمَا يَخْدَعُونَ اِلَّا اَنْفُسَهُمْ وَمَا يَشْعُرُونَ

"İnsanlardan öyle kimseler vardır ki, kendileri iman etmiş olmadıkları halde (Allah'a ve âhiret gününe inandım derler.) Allah'ı da, iman edenleri de (gûya) aldatırlar. Halbuki onlar kendilerinden başkasını aldatamazlar da yine farkına varmazlar."

Bu âyetlerin tavsif ettiği bedbahtların ne içine gir, ne de fikirlerini benimse. Sen, korkmayan imanlı bir mü'minsin. Yalnız bu değil, açlık imtihanında da zaferi almalısın. Sıkıntılı anlarından hırsızlığa, varlıklı anlarında cimriliğe baş vurma. Çünkü, varlık ve yokluk bir imtihan içindir. Zenginim diye övünme, fakirim diye yerinme. İmtihanın cevabını hazırla. Bu dünyada, her arayan aradığını bulur. Ama, bâzısı mevlâsını, bâzısı da belâsını!...

---

Bakara sûresi, âyet: 8-9.

İnsanoğlu binbir türlü nimetler içinde yaşar. Öyle ânı olur, zehir ile panzehiri, helâl ile haramı ayıramaz. Gözünü hiç bir şey doyurmaz olur. Aç kaldığı anlar, yaşlı gözlerle Rabbına yalvarır, biraz para buldu mu, isyan ederek sefahate başlar.

وَإِذَا اَنْعَمْنَا عَلَى الْاِنْسَانِ اَعْرَضَ وَنَا بِجَانِبِهِ وَإِذَا مَسَّهُ الشَّرُّ كَانَ يَؤُساً

"İnsana nimet verdiğimiz zaman (zikrullahdan) yüz çevirip yan çizer. Ona şer dokununca da pek ümitsiz olur."

Bu âyetin verdiği ders senin gözünü açmalı. Bugün, öyle insanlar var ki, bir zamanlar bir lokmaya muhtaç idi. Malî zenginlik kendisine müyesser olunca, meyhaneden, felâketten ayrılmaz oldu. Veya câmi yolundan geçmez oldu. Malın, bir Allah emâneti olduğunu unuttu! Öleceği âna kadar bu durumu devam ettiren, bir sekte-i kalbden yuvarlananları daima görüyorsun. Daha açık bir tablo işte:

Üç fakir, yolda gidiyorlar. Bir durakta altın külçesi buluyorlar. Artık zengin oldular. yakın bir köyden

---

İsrâ sûresi, âyet: 83

yiyecek ve taşıt almak için birini köye gönderiyorlar. Köye revan olan:

— Ben getireceğim, onlar oturacaklar. Bu altınları üçe pay edeceğime, yemekleri zehirler, kendim alırım!..

Bekleyen iki kişi:

— Biz altını üçe değil, ikiye bölelim. Sen nerede kaldın, diye kafasına bir taş vuralım, iş yoluna girer, diyorlar.

Müslüman, bütün varlığın ile dikkat et!.. Yemekleri zehirleyene gelince: "Sen nerede kaldın?" diye öldürürler. O, kazdığı kuyuya kendi düştü. Ya öbürleri, kurtulacak mı? Hayır, onlar da belâsını bulacak. İki kişi:

— Biz zengin olduk, burada aç beklemiyelim. Şu yemekleri yiyelim, derler.

Yerler, içerler oracıkta sonsuz uykuya dalıverirler. Altın yine orada kaldı. Üçü de muradına eremeden gitti. Kardeşim, dikkat et. Bu altın dünyadır. Üç yolcu da bizleriz. O zehirli yemek, haram ve yasaklardır. Kendisi için istediğini, başkası için istemiyenlerin sonu hüsran ve toprakta leş olup kokmaktır. Bir karış toprak için kardeşini öldüren, kaynanasının ölümünü duyunca, yüz lira bahşiş veren, babasının namazı kılınırken seyirci kalıp da mirası başında "babam" diyenler nerenin yolcusu?

Ey müslüman! Sakın bu dünya seni aldatmasın.

اَلْهٰيكُمُ التَّكَاثُرُ حَتَّى زُرْتُمُ الْمَقَابِرَ

"**Sizi çoklukla böbürleniş o derece oyaladı ki tâ kabirleri ziyaret edinceye kadar.**" Kabirde, herkes hatırlayacak, kafasını vuracak ama, iş işten geçecek, iki dünya serveri **Hz. Muhammed (S.A.V.)**:

اِذَا مَاتَ الْمَيِّتُ تَقُولُ الْمَلٰئِكَةُ مَاقَدَّمَ وَتَقُولُ النَّاسُ مَاأَخَّرَ

"**İnsan ölünce melekler (önden âhirete ne gönderdi) derler. İnsanlar da (geriye ne bıraktı) derler.**" buyurdu. Vicdanının sesini dininin emrini dinle, derin bir nefes al! Hayâlinde canlanan şeritleri oku: Yıllarca bir yastığa baş koyduğun hanımın seni kabirde yalnız bıraktı. Üç gün sonra unuttu. Hayatın pahasına kazandığın ve yaptığın ev, başkalarına (gelme) diyemedi. Onun da dostluğu sahte imiş. Evlâtların için çektiğin ızdıraplar unutuldu. Kabrin kurumadan malının başında kavga ettiler. Beraberce kumar oynadığın, içki içtiğin, dans ettiğin, sahtekârlık yaptığın dostların, seni çabuk unuttu. Uşaklık yaptığın nefis ve şeytan, günahınla başbaşa bıraktı. Kara toprakta, sekiz metre kefenle kalmanın kor-

---

Tekâsür sûresi, âyet: 1-2

kusu içindesin. Söyle, hakikî dostun, dünya ve âhirette seni tâkib eden arkadaşın kim?

Müslüman! Bu hayat şeridi, her insan için ibret aynası, hikmet hazinesidir. Arkadaşını bu günden seç! Hakiki olmayan dostluğa yaklaşma... Menfaat tahtında sürülen saltanat, günah gemisindeki kaptanlık seni aldatmasın! Medenî dünyanın, medenî insanı olmak, Peygamber ve Allah âşıkları olmak, senin en birinci gâyen ve emelindir.

## MES'UT İNSAN

Allah'ın verdiği ömürle herkes yaşar. Ama, herkes mes'ut olamaz. Masa ve kasa başında olur, mes'ut olamaz. Karşıdan, saltanat ve şatafatına baktığımız nice insanlar var. Kapısında odacı, mutfağında aşçı, yanında telefonu var. Her isteği var, ama mes'ut değil!... Tiyatro ve sinema balkonlarında hanımı ile ömrünü çürüten, genç yavrularını içki ile zehirliyenleri mes'ut mu sandın. Tayyare ile havada uçuyor, ama bir merkep üzerindeki yolcu kadar mes'ut değil!... Niçin? Cevabı işte:

وَالْعَصْرِ اِنَّ الْاِنْسَانَ لَفِى خُسْرٍ اِلاَّ الَّذِينَ اٰمَنُوا وَعَمِلُوا الصَّالِحَاتِ وَتَوَاصَوْا بِالْحَقِّ وَتَوَاصَوْا بِالصَّبْرِ

Asr sûresi

"Andolsun sana ki, muhakkak insan kat'î bir ziyandadır. Ancak iman edenlerle güzel güzel amellerde bulunanlar, birbirine hakkı tavsiye sabrı tavsiye edenler böyle değil, onlar müstesnadır."

Görülüyor ki, binlerce bedbaht insanın eksiği meydanda: İmanları yok. Karanlık bir odada bulunan insan, -ne olursa olsun- mes'ut olur mu? Karanlık içinde inleyenlerin kurtuluş çareleri: Kalbe îman güneşini takmaktır. Bu da yeter mi, iman var, amel yok, Yine ziyanda, yine hüsranda, suratlar yine asık. Niçin? İman güneşini söndürmek isteyen nefis ve şeytan kuşatma yapmış, namaz kıldırmıyor. **Resûl-i Ekrem** (S.A.V.):

$$\text{اَلاَ وَاِنَّ فِى الْجَسَدِ مُضْغَةً اِذَا صَلُحَتْ صَلُحَ الْجَسَدُ}$$
$$\text{كُلُّهُ وَاِذَا فَسَدَتْ فَسَدَ الْجَسَدُ كُلُّهُ اَلاَ وَهِىَ الْقَلْبُ}$$

"Gözünüzü açın, cesedin içinde öyle bir et parçası vardır ki, o iyi olduğu zaman bütün cesed iyi olur, bozulduğu zaman ise bütün cesed bozulur. Gözünü aç, o kalbdir." buyuruyor.

Kalbin etrafı sarılır, ışık telleri kesilirse, elbette insan huzur duymaz. Çünkü, o cesed bir savaş meydanıdır. Çaresi ne?

فَاذْكُرُونِى اَذْكُرْكُمْ وَاشْكُرُوا لِى وَلاَ تَكْفُرُونَ يَااَيُّهَا الَّذِينَ اٰمَنُوا اسْتَعِينُوا بِالصَّبْرِ وَالصَّلٰوةِ اِنَّ اللّٰهَ مَعَ الصَّابِرِينَ

"Öyle ise, siz Beni (tâatla, ibâdetle) anın, Ben de sizi (sevap ve mağfiretle) anayım. Bir de Bana şükredin, Bana nankörlük etmeyin. Ey îman edenler: (Tâat ve belâya) sabır ile, bir de namazla, (Hakdan) yardım isteyin. Şüphesiz ki, Allah sabredenlerle beraberdir."

Mes'ut olmanın ikinci esası: İbâdet aşkıdır. İnsan, ibâdet etmediği anlarda kendisini bedbaht hisseder. Öyle değil mi? Bir hoca önünde veya camiden çıkan cemaatın karşısında yüzün niye kızardı? Suçlusun da ondan. Vazifenden kaçan insan mevkiindesin. Nöbet beklemiyen veya beklerken silâhı teslim eden askerin hâli ne ise, imânın icabı olan namaz nöbetini ifâ edemiyen, veya bir menfaat için îman silâhı olan namazını terkedenin de hâli odur. Çünkü, karşısında âyet-i ilâhî gördün mü

اَرَاَيْتَ الَّذِى يَنْهٰى عَبْداً اِذَا صَلّٰى

---

Bakara sûresi, âyet: 152-153
El-Alâk sûresi, âyet: 9-10.

sen? diye meydan okumakta, vazife duygusunu telkin etmektedir. bir ev halkı namaz kılar, ibâdet aşkı ile yanarsa o evin içinde nûr parlar. Sabah mıdır, akşam mıdır. Bilmeyen, alnını secdeye koymayanlar ağlamakta devam edecektir. Bugünün talihsiz nesli, bu derdin ızdırâbı ile inlemekte, câmilerimizde gençliğin sesini duymak, onların mes'ud olduğunu görmek ne güzel şey.

Allah'ım, bizi doğru yoldan ayırma! Bunları yapan da mes'ut değildir. Hakkı tavsiye edecek, sabrı tavsiye edecek, ehil ve evlâdının, vatan ve milletinin selâmeti için çalışacak. Gözünde canlanıyor değil mi? Saf kalbi, ileriyi gören, Allah'ı seven, **Muhammed** (S.A.V.) ümmeti tâatli evlâd, namuslu kız. İffetli kadın, faziletli baba?! Birbirinden emin insanlar: Evlâdına dua öğreten anne. Yavrusuna Kur'ân ve emri bil ma'rûfu öğreten baba! Annesinin duâsına iştirâk eden kız, babası ile namaz kılan genç.

Söyle müslüman! Bu huzuru, hakiki müslüman olmayan duyar mı?

يَٰٓأَيُّهَا الَّذِينَ اٰمَنُوا اَطِيعُوا اللّٰهَ وَرَسُولَهُ وَلَاتَوَلَّوْا عَنْهُ وَاَنْتُمْ تَسْمَعُونَ وَلَا تَكُونُوا كَالَّذِينَ قَالُوا سَمِعْنَا وَهُمْ

$$\text{لَا يَسْمَعُونَ اِنَّ شَرَّ الدَّوَابِّ عِنْدَ اللّٰهِ الصُّمُّ الْبُكْمُ الَّذِينَ لَا يَعْقِلُونَ}$$

"Ey îman edenler! Allah'a ve Resûlüne itâat edin. Kendiniz (Kur'ânı) dinleyip dururken ondan yüz çevirmeyiniz.)" dendiği halde yüz çevirenler?

"Ve kendileri dinlemedikleri halde (dinledik) diyenler gibi olmayın. Çünkü, yerde yürüyen (hayvanların) en kötüsü (hakkı) akıllarına sokmaz (ve hakkı duyup söylemez olan) sağırlar ve dilsizlerdi." Âyeti kulaklarında çınlarken, mesleğinin bile erbabı olmayanlar, "reform" diye deli gibi sayıklayanlar mes'ut olur mu?

## MEDENİ İNSAN KİMDİR?

Sualine cevap verelim. Medenî insan, bâtıl bir din, çürük bir fikir peşinden koşan değil, Hak dini İslâmiyeti kabul eden Allah ve Peygamberi tanıyandır.

Medeni insan, haddini bilmeyerek, bir harfine bile vâkıf olamadığı Kur'ân'a yan bakan değil, hazmederek okuyan, hükmü ile amel edendir.

---

Enfâl sûresi, âyet: 20, 21, 22.

Medenî insan; millî varlık ve geleneklerini ayaklar altına alan değil, ceddinin hâtırasını yaşatandır.

Medenî insan: Allah demeyi zillet sayan, umumî yerlerde âilesi ile gösteri yürüyüşü yapan değil, Allah'tan korkarak, harîm-i ismetini muhafaza edendir.

Medenî insan; kendi hayâtını kumar, içki ve zinâ ile mahveden değil, bilâkis koruyandır.

Medenî insan; Allah demeyi zillet sayan değil, itâat edendir.

Medenî insan; zâlimin uşağı, alçağın lalası olan değil, vakarını muhafaza eden, zâlimi alkışlamayan ve haksızlık karşısında eğilmeyendir.

Son olarak medenî insan; medenî hasletlerle mücehhez münevver insandır. Aksini iddia etmek, medeniyeti anlamamak veya anlamazlığa vurmaktır. Medenî sıfatla tesmiye edilen insan ne iyi insandır!

İnsanlık âlemini kurtaracak yuvarlak masa.

## MERHAMET, HÜRMET, MUHABBET

Birbirinden ayrılmayan, insanlık için kurtuluş kanunu!...

اِنَّمَا الْمُؤْمِنُونَ اِخْوَةٌ فَاصْلِحُوا بَيْنَ اَخَوَيْكُمْ وَاتَّقُوا اللّٰهَ لَعَلَّكُمْ تُرْحَمُونَ

"Mü'minler ancak kardeştirler. O halde, iki kardeşinizin arasını bulup barıştırın. Allah'tan korkun. Tâ ki esirgenesiniz."

Aynı dâva, aynı gâye yolcularının, kardeş duygusu ile yaşayan cemiyetin arasında MERHAMET mefhumunun yerleşmemesine imkân var mı? Yetimlerin göz yaşını silen, fakirlerin yüzünü güldüren, cemiyete hürmet ve muhabbet duygularını veren duygu: Merhamet...

مَنْ لَمْ يَرْحَمْ صَغِيرَنَا وَلَمْ يُوَقِّرْ كَبِيرَنَا فَلَيْسَ مِنَّا

"Küçüğünüze merhamet, büyüğünüze hürmet ve itâat etmiyenler kâmil mü'min değildir." buyurdular. Düşünüyorum, ne hale geldik? Merhameti emreden dinin mensupları içinde öyle kimseler var ki, aynı evde, apartmanda hasta, aç olandan, hattâ ölenden bile haberi yok!.. Yetim, öksüz ve fakir kanı emmekten zevk alıyor. Bilmiyorlar ki, Allah malı dilediğine verir, imtihanda muvaffakiyetine göre derece alır. Nice zenginlerin di-

---

Hucûrat sûresi, âyet: 10.

lenmeye mecbur olduğunu daima görüyor, mevkiinin makamının şükrünü edâ edemeyen gaddarların tepe taklak yuvarlandığını biliyor. Bütün uhdesinde olanların bir emanet olduğunu unutuyor. Yoksula olan borcunu ödemiyor. Cenâb-ı Allah'ın:

$$\text{اَلشَّيْطَانُ يَعِدُكُمُ الْفَقْرَ وَيَأْمُرُكُمْ بِالْفَحْشَاءِ}$$

"**Şeytan, sizi fakir olacaksınız diye korkutur. Size cimriliği emreder.**" fermanı kulağında çınlarken mel'un şeytanın sözünden çıkmıyor. Hazret-i Kur'ân:

$$\text{قُلْ لَوْ اَنْتُمْ تَمْلِكُونَ خَزَآئِنَ رَحْمَةِ رَبِّى اِذاً لَاَمْسَكْتُمْ خَشْيَةَ الْاِنْفَاقِ وَكَانَ الْاِنْسَانُ قَتُوراً}$$

"**De ki: Rabbimin rahmet hazinelerine siz mâlik olsaydınız o zaman, harcamaktan tükenir korkusuyla muhakkak cimrilik ederdiniz. İnsan çok cimridir.**" buyurarak, bu tipteki insanları ve cemiyetleri ne güzel anlatıyor.

Bugün, fakirlerin, hastaların, yetim ve öksüzlerin duâsı şudur: "Allah'ım; bana verdiğin her şey için Üm-

---

Bakara sûresi, âyet: 268.
İsrâ sûresi: âyet: 100.

met-i Muhammed'e hizmette bulunacağım. Beni bu sıkıntılardan kurtar!..." Yaşlı gözlerle bu yalvarışlar, çokluk, bolluk gelince hemen unutulur. Kendisinden yardım isteyen veya iş bulamayıp da bir ufak yardım et diyeni reddeder. Ve "Çalış da adam ol. İşini bilseydin böyle rezil olmazdın, rezil!" gibi sözler söyliyerek geçmişini hatırlamaz. Ama bu ona yâr olmaz!...

Nice zengin var, şeker yiyemiyor. Yerse ölecek. Daha buna benzer neler, neler! Sonu yine hüsran, yine hüsran. Avuçlarını iyice yumanlar, merhametsiz olanlar, Azraili görünce avuçlarını açacaklar, yalvaracaklar ama, boş yere... Eden bulacak!..

Müslüman, izah edilen insanlar gibi olamazsın. Her şeyin fâni olduğunu, bir gül gibi solmağa mahkûm olduğunu unutamazsın! Çünkü sen,

$$\text{اِنَّا جَعَلْنَا مَا عَلَى الْأَرْضِ زِينَةً لَهَا لِنَبْلُوَهُمْ اَيُّهُمْ اَحْسَنُ عَمَلاً}$$

"Biz yeryüzünde ne varsa ona bir ziynet verdik. İnsanların hangisi daha güzel amel edeceğini imtihan edelim." diye gönderildiğini biliyorsun. Komşusu aç yatarken, geceyi tok geçirmenin kardeşinin derdi ile

---

Kehf sûresi, âyet: 7.

hemderd olmamanın müslümanlığa yakışmayacağını bilirsin. Gel, merhamet şurubunu iç ve içir.

Hâlini arzedemiyen nice fakirler var, derdine ortak ol... İşte ilâhî ferman:

مَنْ لاَيَرْحَمْ لاَيَرْحَمْ

"Merhamet etmiyene, merhamet edilmez..."

Yetimlerin yaşlı gözleri, fakirlerin dertli günleri, gözünde canlanıyor değil mi?

لِلْفُقَرَاءِ الَّذِينَ أُحْصِرُوا فِى سَبِيلِ اللّٰهِ لاَ يَسْتَطِيعُونَ ضَرْباً فِى الْأَرْضِ يَحْسَبُهُمُ الْجَاهِلُ اَغْنِيَاءَ مِنَ التَّعَفُّفِ تَعْرِفُهُمْ بِسِيمٰيهُمْ لاَيَسْئَلُونَ النَّاسَ اِلْحَافاً وَمَا تُنْفِقُوا مِنْ خَيْرٍ فَاِنَّ اللّٰهَ بِهِ عَلِيمٌ

"(Sadakalar) Allah yolunda kendilerini vakfetmiş fakirler içindir ki, onlar yeryüzünde dolaşmaya muktedir olamazlar. (Hallerini) bilmiyen, iffet ve istiğnalarından dolayı onları zengin (kimseler) sanırlar. Habibim, o gibileri simâlarından tanırsın. Onlar; insanlardan yüzsüzlük edip de (birşey) istemezler."

---

Bakara sûresi, âyet: 273

Kardeşim, bu âyetin karşısında derin derin düşün.

## ADAM OLMADAN BÜYÜK HUZURA GİDİLMEZ!...

Kendini kendin görmedikçe, aynadaki resmin gibi, iç ile dışından emin olmadıkça, büyük huzura açık alınla çıkamazsın! Bir demirci hacca gitmek üzere idi.. Bir gün, mahallede gezerken genç bir kadının yalvarışını gördü. Dayanamadı, kadına dedi ki:

— Kızım, neye ağlıyorsun?

— Ben hâmileyim, burnuma et kokusu geldi. Bir lokma verin diyorum, vermiyorlar. Çocuğumun telef olmasından korkuyorum.

— Niçin bir lokma et vermiyorsunuz?

— Veremeyiz efendim!

— Niçin, vicdanınız sızlamıyor mu?

— Sızlıyor ama, bu et haramdır?

— Et haram olur mu?

— Evet komşum, biz onbeş günden beri aç bekledik. Dün komşumuzun merkebi öldü. Ölümden kurtulmak için kimse görmeden gece getirdik. Şimdi istediğin et merkebin etidir. Müslümanım. Bu etten nasıl verebilirim?

Bedenini soğuk bir ter kaplayan demirci, yaşlı gözlerle:

— Hey demirci! Gözünü aç. Komşun aç yatarken, ölü merkep eti yerken, sen, Mekke'de Kâbe'ye yüzünü sürmekle Allah'ın rızâsını kazanamazsın!..

Onların ihtiyacını karşıladı. Hacca ondan sonra gitti.

Ey Ümmet-i Muhammed... Hesap vereceksin... Allah'a lâyık insan olmağa bak. Merhameti terketme...

Sana şükürler olsun. Allah için her varlığını esirgemiyen zenginlerimiz aramızda. Gizli, aşikâr durmadan yaşlı gözler silen, muhtacın elinden tutan merhametli kalbler; amelleriniz Allah rızası için ise rahat olunuz. Allah sizi güldürecek.

$$لَتُبْلَوُنَّ فِى اَمْوَالِكُمْ وَاَنْفُسِكُمْ$$

"**Andolsun ki, mallarınız ve canlarınız hususunda imtihana çekileceksiniz.**" fermanınca imtihanda muvaffak olan... Ulu Peygamberin sâlih, ümmeti... Yolunuzda devam ediniz.

Korkmayın, zafer bizimdir...

Merhametin kardeşi hürmettir, muhabbettir. Kendini sevdiğin kadar, müslümanı da sev Hürmet et, hür-

---

Âl-i İmrân sûresi, âyet: 186.

met edilirsin. Sev, sevilirsin. Şahsi menfaat ve nefsâni arzusunun peşinden koşan bazı kimseler, hürmet etmeyi, saymayı ve sevmeyi beceremezler. Yıllarca emek çektiği, tatlı uykusunu terkederek kucağında emzirdiği evlâdının tekmesini yiyen anneler var! "Oğlum oğlum" diye yaşlı gözlerle mürüvvetini bekliyen babalar, kendi evlâdı tarafından dövülüyor! "Kumar parası, içki mezesi vermedin" diye boğazları sıkılıyor! Hürmet, hayâ yok mu bunlarda? Rahmetli Mehmed Âkif:

**Hayâ sıyrılmış inmiş, öyle yüzsüzlük ki her yerde**
**Ne çirkin yüzler örtermiş meğer bir incecik perde**

Diye zamane arsızlarından şikâyet ediyor. Allah ve Peygamber adının, din aşkının lezzetinden mahrum, önünü göremiyen fakat dinine, imanına sövebilen (!) bedbahtlar var!...

Müslüman kardeş sen peygamberinin izinden ayrılma. Şu hadisi unutma:

اِتَّقِ الْمَحَارِمَ تَكُنْ اَعْبَدَ النَّاسِ وَارْضَ بِمَا قَسَمَ اللّٰهُ لَكَ تَكُنْ اَغْنَى النَّاسِ وَاَحْسِنْ اِلٰى جَارِكَ تَكُنْ مُؤْمِناً وَاَحِبَّ

لِلنَّاسِ مَاتُحِبُّ لِنَفْسِكَ تَكُنْ مُسْلِماً وَلاَتُكْثِرِ الضَّحِكَ
فَاِنَّ كَثْرَةَ الضَّحِكِ تُمِيتُ الْقُلُوبَ

"Haramlardan sakın ki, insanların en âbidi olasın. Allah'ın sana kısmet ettiğine razı ol ki insanların en zengini olasın. Komşuna iyilikte bulun ki, gerçek mü'min olasın. Diğer insanlar hakkında da ancak kendinin sever olduğu şeyleri arzu et ki hakikî müslüman olasın. Çok gülme.. Zira gülmenin çokluğu kalbleri öldürür.''

Allah'a, Peygamber'e, Kur'an'a hürmet ve muhabbet etmek, Müslümanlığın, hem de insanlığın icabıdır. Kur'ân-ı Kerîm'de Peygamberimiz Hazret-i Muhammed (S.A.V.)'e:

وَمَآ اَرْسَلْنَاكَ اِلاَّ رَحْمَةً لِلْعَالَمِينَ

"Biz seni ancak âlemlere rahmet olarak gönderdik." buyurulduğunu gören bir insanın, bu rahmet hazinesini sevmemesi akla durgunluk verir.

---

Enbiyâ sûresi: âyet. 107.

Evet:

يَا اَيُّهَا النَّبِىُّ اِنَّا اَرْسَلْنَاكَ شَاهِداً وَمُبَشِّراً وَنَذِيراً

"**Ey nebî! Biz seni şâhid, mübeşşir ve nezir olarak gönderdik.**" fermanı karşısında sözlerin hürmet ve itaât etmemek, sevmemek bir nankörlüktür.

وَدَاعِياً اِلَى اللّهِ بِاِذْنِهِ وَسِرَاجاً مُنِيراً

"**(Resûlüm) seni Allah'ın izni ile Allah'a davet edici ve nûr saçan ve çırağ olarak irsal kıldık.**" âyetinin inceliğini düşünmemek bir şuursuzluğun bir basiretsizliğin eseridir.

Kadir Mevlâ, Peygamberine itaât ve hürmet eden, aşk ile yolundan yürüyen kullarına:

وَبَشِّرِ الْمُؤْمِنِينَ بِاَنَّ لَهُمْ مِنَ اللّهِ فَضْلاً كَبِيراً

"**Mü'minlere müjde ver ki, kendilerine Allah tarafından büyük fazl ve kerem vardır**" buyuruyor. Gözlerimiz görsün, kulaklarımız işitsin; Bu ni'meti takdir edebilir kerîm insanlardan olalım. Peygamberimiz

---

Ahzâb sûresi, âyet: 45.
Ahzâb sûresi, âyet: 46.
Ahzâb sûresi, âyet: 47.

(S.A.V.) bir fakire sakalının telinden bir tane vermişti. O zaman bunun kıymetini bilmiyen fakir, Peygamberimizin ebediyete ermesinden sonra Resûlullah aşkı ile yanıyor! Sakalının teline bakıp bakıp ağlıyor. Tek bir hâtıra! Yine âlemin rahmetini göremiyen, fakat aşkı ile yanan bir zengin, Mekke'de bu fakiri görüyor ve diyor ki:

●— Ne olursun, beni dinle. Sen fakirsin. Ben Resûlullah'ı görmedim. İstediğin parayı vereyim, zengin olursun. Mübarek sakalının telini bana ver. Benim de bir arzum yerine gelsin!...

Bu rica üzerine fakir:

— Sen bu sakalı şerifi dünya malı ile kıyas ediyorsun ha!..

لَوْلَاكَ لَوْلَاكَ لَمَا خَلَقْتُ الْأَفْلَاكَ

**"Yâ Muhammed, sen olmasaydın bu âlemi yaratmazdım"**, diye taltif edilen iki dünya serverinin sakalının bir telini, dünyayı verseler yine veremem!

Düşün müslüman! Biz de müslümanız. Biz de ümmet-i Muhammeddeniz. Peygamberi sevmekte kusur etmiyelim. Ya Muhammed (S.A.V.); Biz günahkâr ümmetinin feryadını biliyorsun. Bizi şefaatinden mahrum etme!

Müslüman? Yalnız Peygamberine hürmet ve muhabbetle kalma. Armağan eylediği ilâhî kitap Kur'ân'a hürmet et. Kur'ân okunduğunu duyunca edebini takın. Hürmetle dinle. Allah'ın

$$\text{وَإِذَا قُرِئَ الْقُرْآنُ فَاسْتَمِعُوا لَهُ وَأَنْصِتُوا}$$

"**Kur'ân okunduğu zaman, derhal onu dinleyip susun**" âyetini unutma. Bazı kimseler vardır. Kur'ân okunurken hem gönlü ağlar. Hem de gözü. Bazıları vardır, güzel sesli hâfızı dinler ve "annen nûr içinde yatsın. Allah uzun ömürler versin" derler. Kur'ân'ın mânasını ve hikmetini düşünmezler. Bazıları da dinlemeden çıkar, gider. Bu farklar niçin oluyor? Kur'ân'ı babasının mezarında okuyorlar da, hayatları için okuyup amel etmiyorlar.

$$\text{وَاللّٰهُ أَخْرَجَكُمْ مِنْ بُطُونِ أُمَّهَاتِكُمْ لَا تَعْلَمُونَ شَيْئًا}$$
$$\text{وَجَعَلَ لَكُمُ السَّمْعَ وَالْأَبْصَارَ وَالْأَفْئِدَةَ لَعَلَّكُمْ تَشْكُرُونَ}$$

"**Allah, sizi analarınızın karnından, kendiniz hiç bir şey bilmiyorken çıkardı. Siz şükredesiniz diye, kulaklar, gözler, gönüller verdi. Tâ ki şükredesiniz.**"

---

A'raf sûresi, âyet: 204.
En-Nahl sûresi, âyet: 78.

Bütün dünya nimetlerinin karşısında hayranlığını ifâde eden, bir şiirin mânâsını anlamaya çalışan, ne diye Kur'ân'ın mânasını düşünüp, bu hayat kitabının emrine uyup hürmetle dinleyemiyor? Bilmiyerek veya kasıdla Kur'ân'ı yok etmek istiyenlerin asırlardır hüsranını tarih yazarken, Kur'ân'dan kaçmanın mânası var mı... Allah:

$$ اِنَّا نَحْنُ نَزَّلْنَا الذِّكْرَ وَاِنَّا لَهُ لَحَافِظُونَ $$

"**Kur'ân'ı biz indirdik. Onu koruyan da şüphesiz ki biziz**" buyuruyor.

Müslüman! Kur'ân'ı oku ve hürmet et. Onun için de hakikat güneşleri var, ışık al.. Nûr denizi var nûrlan. Ar kanunu var arlan. Kur'ân'a hürmeti olanın ana ve babasına da hürmeti ve muhabbeti vardır. Kur'ân ahlâkı ile yaşayan bir evlât, babasının rızasını almaktan zevk alır. Son yılların yüz kızartıcı ilerlemesi de (ananın) kızından, babanın oğlundan dayak yemesidir.

## SENİ TEKMELERİM

Yazın sıcağında, kışın soğuğunda bağrına bastığı, esen rüzgârdan bile sakındığı bir evlâdından, mürüvvet

---

El-Hicr sûresi, âyet: 9

beklerken hayâl sukutuna uğrayan bir annenin acıklı hâli hamallık, işçilik, memurluk yaparak (evlâdım adam olsun) diye çırpınan, sonra kapı dışarı edilen bir babanın yürekler sızlatan feryadı!

Bir köyde, yaşlı bir adam ağlıyordu. Yaklaştım ve

— Amca, neye ağlıyorsun? Metin ol. Derdini söyle, belki derman olurum, dedim.

İçini çekerek, yaşlı gözlerle utanarak söze başladı:

— 80 seneden beri dünya hayatının çeşitli cilveleri ile karşılaşmaktayım. Evlâtlarımı büyüttüm. Kızım hayırsız çıktı. Oğlumu askerden gelince evlendirdim. Gelinin elinden bir bardak su içmedim! "Moruk! Senin çirkin suratını görmeye gelmedim." diye azarladı. Oğlum: "Karıma lâf yok! Köşe başında oturun, verirsek bir kuru ekmek yeyin, vermezsek oruç tutun" dedi. Meğer ben bir canavar büyütmüşüm! Dün param kalmadı. Oğluma baş vurdum, iki tokat vurdu!.. "Defol bir daha buraya gelme, yoksa seni tekmelerim, tepelerim!" dedi.

Bunları anlatırken beyaz sakalı göz yaşları içinde kaldı.

Müslüman bunlar cahil de, bilmiyorlar deme. İşte tahsil yapanı da....

Bir zamanlar, yalın ayak, başı açık gezen bir kuru ekmeğe muhtaç olan nice insanlar vardır, okurlar. Bir mevkii sahibi olurlar. Hanımları, çocukları ile mes'uddurlar. Yılda bir babası veya anası gelse, geldiğine pişman ederler. Umumî söylemiyorum. Fakat, yapanlar yok mu? Bir yabancı bey geldiğinde hanımını takdimden zerre kadar çekinmeyenler yok mu? bayramlarda babasının elini öperken "Aman hanım, eline eldiven geçir, mikrop alırsın' diye el öptürmeyen, babası ile aynı sofraya oturmayan, onları bir hizmetçi gibi ayrı bir oda ve ayrı sofrada yedirip yatıranlar yok mu? Babası öldüğünde, cenaze namazını karşıdan seyredenleri görüyorsun değil mi? Ebeveyninin rızâsını alamayan bir evlât, Peygamberimizin emirlerini unuttu mu?

$$ اَلْجَنَّةُ تَحْتَ اَقْدَامِ الْأُمَّهَاتِ $$

"**Cennet, anaların ayakları altındadır.**" Yâni anasını memnun eden evlât saadete, eremiyen de felâkete uğrar. Cennet ananın rızası ile kazanılır. Ana-babaya âsi olmak, imansız ölmeye sebep olur. Tutulan iş tersine gider. Huzur duyulmaz. Gel kardeşim! Cenâb-ı Allah, bizim için ana babaya itaât kanunlarını gönderdi:

$$ وَقَضٰى رَبُّكَ اَلَّا تَعْبُدُوا اِلَّا اِيَّاهُ وَبِالْوَالِدَيْنِ اِحْسَاناً اِمَّا $$

يَبْلُغَنَّ عِنْدَكَ الْكِبَرَ اَحَدُهُمَا اَوْ كِلَاهُمَا فَلَا تَقُلْ لَهُمَا
اُفٍّ وَلَا تَنْهَرْهُمَا وَقُلْ لَهُمَا قَوْلاً كَرِيماً

"Rabbın (kendinden başkasına kulluk etmeyin, ana ve babaya iyi muamele edin.) diye hükmetti. Eğer onlardan biri veya her ikisi senin yanında ihtiyarlığa ererse, onlara (öf) bile deme. Onları azarlama. Onlara güzel söz söyle" buyurdu.

İnsan olduğunu, müslüman aşkı ile yandığını İslâm ahlâkı ile süslendiğini, ana ve babaya itâat etmekle ispat edebilirsin. İtâat etmemek, dövmek, kapı dışarı etmek şöyle dursun. (öf) bile diyemezsin. Allah'ın kanunlarına karşı gelerek, ana baba hakkını hiçe sayarak EDEBSİZ olamazsın. Yalvaran, yardıma muhtaç olan "Evlâdım, evlâdım!" diye gözünden yaşlar akıtan ana ve babanın feryâdı karşısında bir put olamazsın. Rahman ve Rahıym olan Allah'ın:

وَاخْفِضْ لَهُمَا جَنَاحَ الذُّلِّ مِنَ الرَّحْمَةِ وَقُلْ رَبِّ
ارْحَمْهُمَا كَمَا رَبَّيَانِى صَغِيراً

---

İsrâ sûresi, âyet: 23

"Onlara acıyarak tevâzu kanadını indir ve: "Ya Rab onlar beni çocukken nasıl terbiye ettilerse, sen de kendilerini öylece esirge! de" emrine tâbi olmaya mecbursun. Çünkü sen **Hazret-i Muhammed**'in (S.A.V.) hayırlı ümmetisin. Hayırsız evlât olamazsın. İyi düşün...

(Bir evlat, felç olan babasına bakmaktan usandı.) "Baba, seni kırlara gezdirmeğe götüreceğim" diye sırtına aldı ve götürdü. Kıra vardığı vakit, gömeceği çukuru arıyordu. Evlâdının niyetini anlayan, gözünden yaşlar akan baba:

— Evlâdım, fazla zahmet etme! Ben babamı şuracığa gömmüştüm. Sen de beni oraya göm!...

Bu sözlerin tesiri altında kalan evlât, ağlayan babasına:

— Baba, sen babanı toprağa gömmüş müydün?

— Evet, evlâdım; felç olmuştu. Bakmaktan usandım. Senin gibi getirdim ve gömdüm.

Baba, babasına hakaret eden ve toprağa gömenin evlâdı da onu gömer mi?

---

İsrâ sûresi, âyet: 24

— Evet, ne ekersen onu biçersin. Canavar büyüttüm. İşte elinde avım!....

Babasının niçin bu hâle geldiğini öğrenen ve kalbinde şefkât yerleşmeye başlayan günahkâr evlât:

— Baba, beni affet! Evlâdım tarafından gömülmek istemiyorum, dedi. Ölünceye kadar baktı ve rızasını aldı.

Müslüman; kalb kırmanın ana baba dövmenin, insanlıkla alâkası yoktur. Baba ve ananın kıymetini yetim ve öksüzlere sor! Yıllardır ''Annem diyemeyen, şefkâtli kucağına atılamayan yavruları düşün! Ve:

**"Ana başa tâc imiş, her derde ilâç imiş**
**Bir evlât pir olsa da anaya muhtaç imiş.''**

diye pişmanlığını bildiren haykırışı incele, onların rızalarını dünyada iken kazan. Sonra, dünyada rezil ve sefil olur, yarın da cehennemde inlersin.

Sana iyilik yapan birinin, bir âmirin izinden yürüdüğün gibi, ana babayı da sev ve itâat et. El öpmekle dudak aşınmaz. İtâat etmekle insan alçalmaz.

Müslüman kardeş, annenin sütünü emdin. Bir gramının bile hakkını -ömrün boyunca ona hizmet etsen- yine ödeyemezsin. Evlâdını bağrına basan bir annenin, şefkât dolu sevgilerini sunan bir babanın, bir evlâddan istediği nedir? Onların istediği hayırsız bir evlâda, imansız ahlâksız bir nesle sahip olmamaktır. Evlâdında, isyan yerine itâat, vahşet yerine fazîlet, haram yerine helâl, nâr yerine nûr, derd yerine huzur, cehennem yerine cennet nimetini ve vasıflarını görmektir. Babanın evlâdı olduğunu ispat et. Karı ve deli sözüne bakıp da, anneni tekmeleme! Babanın önünde edebini takın, yanılıp isyan etme sakın. Bu sana emridir Hakkın!...

## ADALET

İnsanlık bahçesinde, aynı haklara sahip olanlar, hakkını almalıdır. Bir zâlimin makamında bir yetimin göz yaşlarının hakkı vardır. "Bu konuyu biz biliyoruz."diyenler de olabilir. Adaletin varlığını şunlar ispat edebilirler mi? Adliye binları, hâkim ve savcılar, avukat ve cilt cilt kanunlar... Karşı gelenlere haddini bildiren tel örgüler, hapishaneler, örümcek ağı gibi bezenmiş emniyet teşkilâtı. Bunlar adâlet mi? Bunlar, adâleti koruyan teşkilâtlardır. Öyleyse adâlet nedir? İmanın sesini dinlemektir. Her an, her işinde Allah'dan korkarak imanın icabını yapmaktır. Gerçek devlet teşekküllerine hürmet ve saygımı, candan bağlılığımı evvelâ bildirmek isterim.

Bir milletin ferdlerinde, adâlet şuuru olmazsa, devlet teşkilâtı ne kadar kuvvetli ve uyanık olursa olsun, beşeriyeti güldüremez. Çünkü bu teşkilât, görmediği yerleri kontrol edemez. Bütün dünyanın ızdırap çektiği, arayıp da bulamadığı kurtuluş çaresi:

$$\text{اِنَّ اللّٰهَ يَأْمُرُ بِالْعَدْلِ وَالْاِحْسَانِ وَاِيتَاءِ ذِى الْقُرْبٰى وَيَنْهٰى عَنِ الْفَحْشَاءِ وَالْمُنْكَرِ وَالْبَغْىِ يَعِظُكُمْ لَعَلَّكُمْ تَذَكَّرُونَ}$$

**"Şüphesiz ki, Allah adâleti, iyiliği (hususiyle) akrabaya (muhtaç oldukları şeyi) vermeyi emreder, (taşkın kötülüklerden) münkerden, zulüm ve tekebbürden nehy eder. Size öğüt verir ki, iyice dinleyip ve anlayıp tutasınız..."**

Her cuma günü hutbede okunan bu âyeti, defalarca dinledin. Tefekkür edip hakikati görmedin. Cemiyette herkesin kendine has bir makamı vardır. Bu makamda, makamının hakkını vermek, mes'uliyet duygusu ile vazife görmek, müslümanlığın emridir. Ama ne haldeyiz? Vazifemizi yapıyor muyuz? O büyük günden emin miyiz?

Bir padişah, kuş tüyünden yapılmış yatakta yatar-

---

En-Nahl sûresi, âyet: 90

dı. Bir gün, yatağını, çirkin bir kadın düzeltti. Yatağın güzelliği karşısında içinden "Ah! Şu yatakta bir yatsam, öldüğüme gam yemezdim!" dedi. Padişahın yokluğundan istifade ederek yatağa yattı ve uyudu. Padişah yatağında çirkin bir kadının yattığını görünce kırbacını aldı ve:

— Sen misin yatağıma yatan, dedi. Kırbaçlamaya başladı. Padişah vuruyor, kadın gülüyordu. Ağlaması icab ederken bu kadın neye gülüyordu. Çılgına dönen padişah dayanamadı. Kadına:

— Ey kadın, söyle niye gülüyorsun?

— Senin halini düşünüyor, sana gülüyorum!

Bende ne var?

Ben, bu yatakta beş dakika yattım. Karşılığı olarak bu kadar kırbaç yedim. Sen ki senelerdir bu yatakta yatıyorsun. Yarın Allah huzurunda ne kadar dayak yiyeceğini hesap ettim de ona gülüyorum, dedi.

Padişah, ağlamaya başladı.

Müslüman kardeş! Sokakta bir bekçi olsan, yine makam sahibisin! Gözünü aç; körlerin yeri cennet değildir. Müftü makamının, imam mihrabının, vâiz kürsüsünün, baba ailesinin, vali vilâyetinin ve en büyük makamına kadar her insan, makamının hesabını verecek!

Her meslek erbabı eşit muamele yapmalıdır. Çok gördünüz. Bir kahveye varırsanız, kıyafetin perişan ise, iltifat etmezler. Çay istersin bayat verirler. Aynı anda bir başkası gelse ve üstü-başı düzgünse: "Buyurunuz efendim, ne istersiniz" diye sorarlar. Çayın taze ve demlisini içer. Adama göre bu muamele neden? Dahası var. Lokantaya git, elbiselerin eski ise yandın. Et yemeği istersin, biraz kemik, biraz su verirler. Sen bunlarla uğraşırken zengin bir adam gelirse etin yağlısını yer. İkiniz de aynı parayı verdiniz. Lokantacı bu sınıflamayı nereden öğrendi? Lokantacılar kızmasın. Bir örnek verdim. Her mesleğin böyle vicdansızı bulunmaz mı?

Bir memur, masa başına. Ayda aldığı maaşın mukabilini ödemeye çalışıyor. Bu sırada dostlarından bir mektup geldi. Cevap yazacak. Çarşıya mı gitsin! Devletin zarfı kâğıdı, makinesi yok mu? Resmî kâğıtlara başlar yazmağa... Tik, tik, tik... Odacı da atmaya gider. Sanki, maaşını, kendi kesesinden veriyor.

Müslüman, bu zarfın ve mektubun içinde otuz milyon Türk'ün hakkı yok mu. Bu suali sorunca: "O kadar da ince düşünme. Bu dairede çalışıyorum, bir kâğıt alsam ne olur" diyenler de olur, değil mi? Evet müslüman; her insan böyle düşünse ne olur bilir misin? Nasıl bir fare girdiği buğday ambarında, ilk girdiği zaman karnını doyurmak için girdi. Sonra ne oldu? Ne olacak bir ay zarfında ambarda buğday değil farelerin bulunduğu, ufacık bir farenin koskoca ambarı boşalttığını görürsün. Bu fare küçük değil miydi? İlk bakışta, yiyeceği bir zarf parası kadar değil miydi? Bunun gibi, millî ambarlarımızı kemiren insan fareleri dinî değerlerimizi küçülten cemiyet şeytanları, zamanla korkunç neticeler, felâketler getirir milletin başına! Bunun içindir ki, o yazılan mektup değil, <u>cehennemden arsa almak</u> için yazılan bir dilekçedir.

**Hazret-i Muhammed (S.A.V.)** "**Bir kimse yemin ederken bir müslümanın hakkını gasbederse, Allah ona cehennemi vâcip, cenneti haram kılar.**' Bir adam: "**Ufak bir şey olsa da mı yâ Resûlallah**" diye sordukta, buyurdular ki: "**Velev ki, misvak ağacından bir dal parçası olsun**"

Bu hadise göre amel edilse, bu milletin hâli böyle olur muydu? Eskiden eşkıyalar dağda gezer, elinde silâhı vardı. Şimdi, birer kravat takarak şehre indiler. Milletin kanını emiyorlar. Allah kanunu kalblere yerleşmedikçe, zulüm dalgaları başımızdan eksik olmayacaktır. Delil mi istiyorsunuz? Millî Korunma Kanunu çıktı. Muhtekirleri yakalıyacaktı. Bir ata sözü vardır: "Minâreyi çalan, kılıfını hazırlar." Öyle oldu. Allah kanunu dinlemiyen bu zümre onun da yolunu buldu. Şunu bilelim ki, yüksek bir tepeden yuvarlanan büyük bir kayanın karşısına çıkıp da "Siz korkmayın, ben onu tutarım" diyen insanın tutamıyacağı, orada olanların ezileceği nasıl bir hakikatsa, ilâhi kanundan kaçan şeytana tapan bir insanı veya zümreyi (ıslah edeceğim) demek de o kadar tehlikelidir. Kanunların kurduğu sehpâ, yaptığı hücre, onu korkutmaz. Çünkü o şuursuzdur.

Nehir berrak olduğu zaman, balık ne kadar mes'uttur... Yuvası var, yavrusu var, huzuru var: Bu saadet nasıl bozulur?.. Şiddetli yağmur yağar, her taraftan seller akar. Nehir ölüm suyu haline gelir. Balığın gözlerine toprak, midesine zehir dolar. Kendini bilmez bir vaziyette kanatlarını çırpar. Nereye gider? Balıkçının tuzağına, su arığına, bir çukura gider. Çırpınır, çırpınır, nihayet ölür. Kabahat kimde, balığın gözü kör olduktan, zehri yuttuktan sonra: "Balık geri dön, ölüm var!.." denilse, geri döner mi? Bunun gibi, Allah kanunu dinlemiyen adâletine sığınmayan, vaktiyle zehirleri yutanlar, sıkılgan ruhunu avutmak çarelerini barlarda, meyhanelerde, kadın peşinde koşmakta, hırsızlık yapmakta arar. Bu yoldan hayır beklenir mi? Heyhât!

وَلَوْ يُعَجِّلُ اللّٰهُ لِلنَّاسِ الشَّرَّ اسْتِعْجَالَهُمْ بِالْخَيْرِ لَقُضِيَ

اِلَيْهِمْ اَجَلُهُمْ فَنَذَرُ الَّذِينَ لَا يَرْجُونَ لِقَاءَنَا فِى طُغْيَانِهِمْ يَعْمَهُونَ

"Eğer Allah, insanlara hayrı çarçabuk istedikleri gibi şerri de alâlâcele verseydi, elbette onlara ecelleri hükmedilir (Hep helâk olur gider) di... İşte biz, bize kavuşmayı ummayanları böyle azgınlıkları içinde serseri serseri dolaşmalarına meydan veriyoruz."

Bugün insanlık âleminin hâlini görüp de ağlamamanın imkânı var mı? Bu serseriliğin sonu gelmiyecek mi? On lira, elli lira verip de çıplak kadın seyredenler. Abdestini alıp, Allah huzurunda ağlayıp saadet bahçesine girmeyecek mi? İpek böceğinin, bilmiyerek kozası içinde kendini öldürdüğü gibi kazançlarını kendi ölümleri için mi harcıyacaklar... Adâlet, Allah'ın nimetir; yeyip de şeytan kapılarında inlemek, kendini zehirlemek, Allah dememek midir?

Müslüman kardeş! Bu yolun serserileri seni aldatmasın. Şah damarlarından daha yakın olan Allah'ınla

---

Yûnus sûresi, âyet: 11.

beraber ol. Onun emrinde yürümenin mânevi zevkini tat! Bunun tek çaresi nedir bilir misin? İLİM, İLİM, YİNE İLİM!.

İnsanlar, hakikatı unutmuş, pusulasını kaybetmiş bir put huzurunda divâna durmaya, kendi kızını, diri dir toprağa gömmeye başlamıştı. Zinâ mübah sayılıyor, içki su gibi içiliyordu. Çıplak olarak Kâbe etrafında dolaşıyor, sefahat içinde yüzüyorlardı. Bu hayatı yaşıyanlar Araplardı. Tarih, bu yaşayış tarzına (Cahiliyet devri) adını veriyor. Cehâlet bulutları ile kaplı bu ülkeden bir güneş doğacak, cihan nûr içinde kalacaktı... Ve doğdu. 571 yılında **Hazret-i Muhammed** (S.A.V.) gözlerini açtı. Kırk yaşına geldiği zaman HİRA dağında, ilk vahy geldi. ''Oku'' emri ile başlamasının hikmeti ne idi? İşte müslüman, biraz düşünürsek bu hakikat meydana çıkar.

İslâmiyetin en büyük düşmanı cehalet, dostu ise ilimdir. Oku, hayatın için, âhiretin için ne lâzımsa oku.

Bu imanla ashâbını yetiştiren **Hazret-i Muhammed** (S.A.V.) zulmet yerine adâleti, vahşet yerine medeniyeti, cehâlet yerine ilim ve fazîleti insanlığa esas kıldı. Bugünün Avrupa'sı uyurken, İslâm âlemi yıldızları inceliyor, ilmin her kolunda merhaleler kat'ediyordu. Bugün, o günün ilim adamlarının yazdığı eserlerin benzerini yazabilmek şöyle dursun, okumaktan bile aciz olanlar "kara kitaplar bizi bu hâle getirdi" demeğe utanmıyorlar mı?

Güneş olmasa dünya neye yarar? Her yer karanlık olmaz mı? İlim ve âlim olmasa insan ruhu daima karanlıkta kalır. Rahmân ve Rahıym olan Allah:

قُلْ هَلْ يَسْتَوِى الَّذِينَ يَعْلَمُونَ وَالَّذِينَ لَا يَعْلَمُونَ

"**Habîbim de ki: Hiç bilenlerle bilmeyenler bir olur mu?**" buyuruyor. Bu derece açık olarak ilme kıymet veren bir din tasavvur ediyor musunuz?

اُطْلُبُوا الْعِلْمَ مِنَ الْمَهْدِ اِلَى اللَّحْدِ

"**İlmi beşikten mezara kadar tahsil ediniz**" diye buyuran Nebiyy-i Zîşân'ın mübârek ağzından dökülen inciyi unutmayalım. Cenâb-ı Allah:

فَلَا تَكُونَنَّ مِنَ الْجَاهِلِينَ

"**Sakın cahillerden olma**" Buyurdu... Çünkü cehâlet dirilere kesilmiş kefendir. Diri iken kefen giymenin İslâmiyet ile alâkası yoktur.

---

Zümer sûresi, âyet: 9.
En'âm sûresi, âyet: 36.

Bugün câhillerin akını var! Deniyor ki: Okur yazarların yüzde nisbeti yükseliyor. Doğru çok okuyanlar vardır, merkebin taşıdığından istifade edemediği gibi, ilimlerinden kendilerine faydası olamaz. Eski devirlerde bir mutasarrıfa, Mâliye Vekâletinden bir yazı gelir: "Bulunduğunuz yerde ne kadar mevâşi varsa bildiriniz. Tesâdüf ki mutasarrıf câhil imiş. "Mevâş, mevâş" derken "maaş" der, "— anladım, bulunduğun yerde ne kadar terfî edecek memur varsa bildir demek istiyorlar." Mutasarrıf Müftü ile Kadı'yı sevmez. Kendi kendine: "Bunları terfî ettirmeyeyim de kafa tutmayı öğrensinler" diye söylenir. Cevabı şöyle yazar:

"Sayın Maliye Vekili:

Bulunduğumuz yerde, kadı ile müftüden gayrımız hep mevâşiyiz."

Sayın okuyucu: "mevâşî" sayıma giren hayvan demektir. Zavallı mutasarrıfın yazdığı cevabı düşün... Bulunduğum yerde kadı ile müftüden gayrimiz sayıma giren hayvanız." Câhilliğin kurbanı olan, vazife yatım diye sevinen bu adam ne derece hatâ yaptı ise, câhiller, daha başkasını ve fenâsını yaparlar. Bundan dolayı Allah:

وَاَعْرِضْ عَنِ الْجَاهِلِينَ

"**Câhillerden yüz çevir**" buyuruyor. Câhillerden yüz çeviren nereye dönecek? Dünya ve âhiret saâdetini veren ilme. Peygamberimiz buyuruyor ki, "**İlim iki kısımdır: Bedenler ilmi, dinler ilmi.**"

Müslüman öyle olacak ki, sağ kolu dini ilimleri, sol kolu da, dünyevî ilimleri hâvi olacak. Eğer böyle olursan hangi pehlivan çıkarsa çıksın, sırtın yere gelmez, tek kolla güreşi kazanmak ne kadar imkânsız ise, dinsiz yaşamak veya câhil olmak, bu yolda ısrar etmek de o kadar mantıksız ve mânasızdır.

Kardeşim; İlim nûrdur, yol gösterir. Gel seninle anlaşalım. Ben bir müslümanım, neleri bilmem lâzım hangi bilgileri öğreneyim? Suâline cevap verelim: Her şeyden evvel, bu âlemin yaratıcısı olan, yarın huzurunda hesap vereceğimiz Allah'ı bilelim. Kur'ân ve hadisleri okumasını öğrenip nehyinden kaçmayı, emrine sarılmayı esas bilelim. Cuma ve bayram namazlarında camideki, cemaati bir imtihan etsek namazın farzlarını bilen "Elemtere"den aşağıya doğru okuyan kaç kişi çıkar? Çok kimseler gördüm. Bu iki sûre ile namaz kılmağa devam ediyor. Onlara: "Bir namaz için ne lâzımsa öğrenin böyle doğru olmaz" dediğim vakit, dediler ki: "Biz cahiliz

---

A'raf sûresi, âyet: 199.

oğlum... Böyle öğrendik, böyle gideriz." Çok acı değil mi?

Muayyen günlerde, meselâ cuma günleri temizlik olmaz diye sayıklayanlar, cumartesi ve salı günleri sefere çıkmayanlar, arefe günü iğne kullanmayı ölülere zarar sananlar, nereden öğrendi bu saçmaları? Dinin aslında olmadığı halde, dinden sayarak sahtekârların kurduğu tuzağa niçin giriyorlar. Çünkü cahildirler de ondan!..

Müslüman, pazarda sattığı malına yüzde 10 zam konduğunu duyunca, parmak hesabı ile aldanmadan satış yapıyor, dinî mes'eleye gelince cahil oluyor! Kahvede papaz çarparken: "Benim gibi oyun oynayacak varsa karşıma çıksın" diye meydan okuyor, camideki temizlik ve ibadete gelince cahil oluveriyor!... **Hazret-i Peygamberimiz (S.A.V.)'in:**

لَا يَسْتَحِى الشَّيْخُ اَنْ يَجْلِسَ اِلَى الشَّابِّ فَيَتَعَلَّمَ مِنْهُ

**"İhtiyarlar umuru diniyyeyi öğrenmek için fâdıl olan gençlerin önünde oturmaktan sıkılmasınlar!"** Yine:

لَا يَسْتَحِى الشَّيْخُ اَنْ يَتَعَلَّمَ الْعِلْمَ كَمَا لَا يَسْتَحِى اَنْ يَأْكُلَ الْخُبْزَ

**"İhtiyarlar, yemekten sıkılmadıkları gibi tâlim-i ilimden dahi sıkılmasınlar!"** fermanını unutuyorlar mı? Bu hadislerden anlaşılıyor ki, ihtiyarlık ve cahillik öğrenmeye mâni değildir. Yine Peygamberimiz (S.A.V.):

اَلدُّنْيَا مَزْرَعَةُ اْلآخِرَةِ

"**Dünya âhiretin tarlasıdır**" buyurarak dünyanın ehemmiyetini belirttiler. Yaşamak, maddî âlemin ızdırabından emin olabilmek için, dünyevî ilimleri de öğrenmeliyiz. Bir cemiyetin doktora, mühendise, hakime ve her hususta elemana ihtiyacı vardır. Bugün, bu arzu az da olsa yerine gelmiş gibidir. Ama tek şartla: Allah'dan korkan ve emrine sarılan eleman. Hesabını Allah'a vereceğini anlayan insan...

Sayın okuyucu; gecenin yanında, gündüz, ölünün yanında diri, yokun yanında var, ne kadar farklı ve kıymetli ise, cahilin yanında âlim o kadar kıymetlidir. Yaşımızın ilerlediğini sanarak cehalet hapishanesinde çile doldurmayalım. Âlimin ölümü âlemin ölümüdür. Düşünüyorum. Bir sinemanın biletleri bir gün önce satılmış, halk kuyruk olmuş, yağmur altında sıra bekliyor. Parası ile bu derece bekliyenler, camide iki rek'at namaz kılmaktan kaçıyor; ictimaî tesânüd, dinî ahlâk kalmamış gibi. Hutbe okunuyor, cemaatin kimisi uykuda. Dinî bilgilerin bizde varlığını iddia ediyor musunuz? Yaşı kırktan aşağı olan —İstisnâlar hariç- kaç kişi biliyor? Buna cahil denir. Ama yalnız câhil bunlar mı? Hayır kardeşim?...

## "AYDIN CÂHİL"

Siz bilirsiniz, bazıları bakar ama göremez. Bunlara "bakar kör" dersiniz. Koca kulakları vardır, işitmez, burnu vardır koklayamaz. Yıllarca göz nuru döken, diplomalı fakat "aydın câhil" olmaktan kurtulamayanlar yok mu? Yunan filozofu Diyojen, eline bir lâmba alarak sokaklarda gezmeye başlar. Görenler sorar:

— Lâmba ile ne arıyorsun?
— Adam arıyorum!...

— Evet müslüman. Biz de âlim arıyoruz. Çok geri kaldık. "İslâmiyet geriliğe sebep oluyor" fikrine kapılarak dinden soğuyan, din adamlarına yan gözle bakan nice mâsumlar var, değil mi? Mâsum diyorum, çünkü bilmiyorlar. Artık uyanalım. Okuyamıyan nice ümitler var, sönüp gitmekte! İslâm âlemine ne oldu? Yuttukları zehir mi var? Mânevi bağlar kopmuş, denize düşmüş bir insanın feryâdına koşmamak, denizin dalgaları ile başbaşa bırakmak ne acı şey!...

Kardeşim! Bu millet senin gibi millet için, dini için ideal insan, imanlı kahraman istiyor. Kur'ân'ı için haykıracak, mâsum yavruların zehir yutmasını önleyecek, günah denizinden kurtaracak kaptana ihtiyaç var! "Kültür, kültür!" diye küfretmeyi öğrenen, kültürlü olmayı, Allah'sız olmak zanneden körlere, gözlük takacak doktorlara ihtiyaç var! İnsanlık tarihini bilecek, gerçekçi bir kültüre mâlik, ideal din rehberlerine ihtiyaç var!.. İmanlı nesil!... Din adamı olmaktan, Peygamber'e (S.A.V.) vâris olmaktan üzüntü duyma! Bilâkis iftihar et!.. İmkân bulursan, bu samimî ve hakikî nasihatlarla yola gelen insaların aldığı sevabı sen de alacaksın. Cenâb-ı Allah'ın:

$$وَذَكِّرْ فَاِنَّ الذِّكْرَى تَنْفَعُ الْمُؤْمِنِينَ وَمَا خَلَقْتُ الْجِنَّ وَالْاِنْسَ اِلَّا لِيَعْبُدُونِ$$

"**Sen vaaz et. Çünkü, şüphesiz mü'minlere fayda verir. Ben cinleri de, insanları da, ancak bana (bilip) kulluk etsinler diye yarattım**" emrini unutma. Cennet misâli câmilerimizde, yüzlerinde nûr parlayan cemaata "ALLAH VE PEYGAMBER YOLUNDA yürüyelim" demek kadar zevkli ne vardır?

Günlerdir yıkanmayan bir insanı temizleyen nasıl su ise, günahkâr bir insanın temizlenmesine sebep olacak da sensin!...

İmamlar! Vaizler, Müezzinler!.. Yolumuzdan dönmiyelim sırf Allah için, rızası için çalışalım.

---

Zâriyat sûresi, 55-56

Allah'ım! Senin adını dünyalar ve müslümanların kalbine yerleştirmek ve yaymak istiyen biz günahkâr kullarına yardım et!...

Şeytanın şerrinden emin eyleyerek, eli kirli, yüzü kara insanların ıslahı için çalışanlardan eyle yâ Rab!... Âmin...

— • —

## (SURET)

# Bilirkişi Raporu

### İstanbul 3. Ağır Ceza Mahkemesine

Isparta Ağır Ceza Mahkemesinin 961/15 sayılı ve 9.6. 1961 tarihli tâlimatına ekli olarak gönderilen yazılara Sami Arslan tarafından yazılan (Karanlık Gecelerin Nurlu Sabahı) adlı kitabı tedkik edip sözü geçen kitabda ileri sürülen fikirlerin T.C.K'nun 163 üncü maddesine veya 6187 sayılı kanun şumülüne girecek mahiyette suç teşkil edip etmediğinin tespitine memur edildiğimizden gerekli incelemeyi yaptık:

Yazar, baskı tarihi gösterilmeyen, İstanbul'da Çeltuk Matbaası'nda basıldığı anlaşılan (Karanlık Gecelerin Nurlu Sabahı) adlı kitabında toplumun dinden uzaklaştığı fikrini savunmaktadır. Buna göre bugünkü medeniyet sahte medeniyettir, mimsiz medeniyettir. Yani medeniyettir, yâni alçaklıktır. Hakiki medeniyet yazara göre dinin, İslâm dininin icaplarını yerine getiren medeniyettir ve ancak böyle bir kimseye medenî denilebilir. Görülüyor ki, yazar din propagandası yapmakta ve bu arada müsbet ilimlere dayanan medeniyeti lâyık olduğu için kötülemektedir.

Bir din propagandasının teşkil etmesi için fâilin belli maksatlardan bilfiil hareket etmesi şarttır. Bu gayeler ise, 163 üncü madde ile 6187 sayılı kanunla gösterilmiştir.

6197 sayılı kanuna göre ise: Siyasî veya şahsî nüfus veya menfaat temin etmek maksadı aranmaktadır. Tedkik konusu olan kitabda bu maksadla hareket edildiğini açıkça gösteren bir cihete rastlanılmamıştır.

Ceza Kanununun 163 üncü maddesinde lâikliğe aykırı olarak devletin siyâsi iktisadî, içtimaî ve hukukî temel nizamlarını dinî esasa ve inançlara uydurmak maksadı aranmaktadır. Tedkik konusu olan kitabda failin lâikliğe aykırı olarak devletin siyasi, içtimaî, iktisadî veyahut hukukî temel nizamlarını dini esaslara uydurmak maksadı ile propaganda yaptığını açıkça söylemeye imkân görmemekteyiz. Fâilin temel devlet nizamlarını dinî esaslara uydurulması hususunda sarih bir ifadesi yoktur. Teklif edilen siyasî, hukukî, iktisadî ve içtimaî bir nizam da yoktur. Sâdece genel olarak toplumun dinden uzaklaştığı ifade edilmiştir. Bu arada bazı üstü kapalı ifadelere mâna vererek bir sonuca varmak mümkün olabilirse de bu sonucun kesin olduğunu söylemeye imkân yoktur.

NETİCE OLARAK: Sözü geçen kitabın 6187 sayılı kanunun veya T.C.K. nun 163. üncü maddesinin şümülüne girdiğini kat'iyettle söylemeye imkân görmediğimizi saygılarımızla arz ederiz.

Bilirkişiler:

İstanbul Hukuk Fakültesi Ceza Hukuku Ord. Profesörü Sulhi Dönmezler.

İmza

İstanbul Hukuk Fakültesi Ceza Hukuku Profesörü Nurullah Kunter.

İmza

İstanbul Hukuk Fakültesi Ceza Hukuku Profesörü Sahir Erman

İmza

# Adaletin Zaferi

T.C.

Isparta

Ağır Ceza Mahkemesi

Esas: 61/Karar 961/C.M.U. 960
  15           150                      694-795

**KARAR**

**Ağır Ceza Reisi: Sıtkı Cebesoy 5675**
**Aza: Cemâl Özdoğan 8793**
**Aza: Mehmet Kayran 8187**
**C.M.U.M.: Şeyhmuz Çiftçi 11132**
**Kâtip: Cahit Ünlü**
**Dâvacı: H.U.**
   **Maznunlar:**

1— Aslen Denizli Vilâyetinin Acıpayam ilçesinin Dedesil köyünden olup hâlen İstanbul Yüksek İslâm Enstitüsünde talebe Seyyid oğlu Fadime'den doğma 1. 3. 1936 doğumlu Sami Arslan.

2— Isparta'nın Büyük Findos köyünden Mehmet Ali oğlu, Hatice'den doğma 1. 2. 1938 doğumlu Süleyman Kayaönü.

Suç: Dinî hisleri âlet ederek propaganda yapmak ve menfaatlenmek.

Suç tarihi: 3. 8. 1960.

Dinî hisleri âlet ederek propaganda yapmak ve menfaat temin etmekten maznunlar İstanbul Yüksek İslâm Enstitüsü ikinci sınıf talebelerinden aslen Acıpayam kazasının Dedeli köyü nüfusunda kayıtlı Seyyid oğlu Fadime'den doğma 1936 doğumlu SAMİ ARSLAN ve Isparta'nın Büyük Findos köyünden Mehmet Alioğlu Hatice'den doğma 1938 doğumlu SÜLEYMAN KAYAÖNÜ hakkında maznunların dosyalarını birleştirmek suretiyle yapılıp bitirilen açık duruşma sonunda:

GEREĞİ DÜŞÜNÜLDÜ: Yapılan sorgusunda maznun Sami Arslan: Dinî hisleri âlet ederek propaganda yapmadığını ve menfaatlenmediğini ve kitabının Nurculuk ve Said Nursî ile bir alâkası olmadığını beyan eylemiştir.

Diğer maznun Süleyman Kayaönü, yapılan sorgusunda: Dinî hisleri âlet ederek propaganda yapmadığını ve menfaat temin etmediğini ve kendisinin İmam-Hatip Okulunda okumakta olduğunu ve iki sene önce mezun olan diğer maznun Sami Arslan'la arkadaş olduğunu ve maznun Sami Arslan'ın, kendisine, yazmış olduğu Karanlık Gecelerin Nurlu Sabahı ismindeki kitaptan satmak üzere kendisine gönderdiği ve bu kitaptan birkaç kişiye satmış olduğunu beyan eylemiştir.

Hâdiseye suç mevzuu olan kitap T.C.K.'nun 163. madde ve 6187 sayılı kanuna muhalif olup olmadığınının ve bu madde ve kanunla zikredilen suç unsurlarını ihtiva edip etmediğini tedkiki için İstanbul Hukuk Fakültesi Ceza Hukuku Ord. Profesörü Sulhi DÖNMEZLER ve aynı Fakülte Ceza Hukuku Profesörü Nurullah KUNTER ve aynı Fakülte Ceza Hukuku Profesörü Sahir ERMAN'dan müteşekkil ehl-i vukuf hey'etine tedkik ettirilmiş ve her üç ehl-ı vu kuf müttefikan verdikleri 8.11.1961 günlü raporda "Netice olarak sözü geçen kitabın 6187 sayılı kanuna veya Türk C. Kanununun 163. maddenin şümulüne girdiği kat'iyetle söylemeğe imkân görmediklerini bildirmişlerdir.

Kitabın tedkikinden de maznun müellif Sami Arslan'ın müsbet ilimlere ve garb medeniyet ve tekniğine hasım bir vaziyet takınmış ise de bu kitap birbirine zıt fikirleri müdafaa etmeğe çalışmış ise de, bu husus suç olarak görülmemiştir.

Şu hâle göre, maznunlardan Sami Arslan tarafından yazılan ve Süleyman Kayaönü tarafından da satışa çıkarılan emanetin 960/133 sırasında kayıtlı Karanlık Gecelerin Nurlu Sabahı adlı kitap üzerinde tedkikat yapılan bilirkişiler tarafından verilmiş 8.11.1961 tarihli rapora göre mezkûr kitapta bahsedilen suç unsurları görülmediğinden ve aslolan da masumiyet olmasına göre maznunların suçları sâbit görülmediğinden ve hakkında 6187 sayılı Kanunla T.C.K. nun 163 üncü maddesinin tatbikini gerektirir bir fiil de tahakkuk etmemiş olduğundan uygun talep veçhile her iki maznunun beraatlerine iadesine Temyiz yolu açık olmak üzere verilen karar C.M.U. si Şeyhmuz Çiftçi huzurunda ile maznunların gıyabında, maznunlardan Sami Arslan'ın Avukat İbrahim Alaybeyoğlu ile Avukat Ali Şahap Güreli'nin yüzlerine karşı açıkça ve alenen tefhim kılındı.

23.12.1961

Reis 5675  Aza 7893  Aza 8178  Kâtip

İş bu suret aslının aynı olup aleyhinde kanun yolların gidilmediğinden 21.11.1962 tarihinde kesinleşmiş olduğu şerh ve tasdik olunur.

C. Baş. K.

Ağır Ceza Reisi
Sıtkı Cebesoy 5675

İmzası

90 Kr. Damga pulu
İmzası. R. M.